절정

DECA
MEDIA

철경 2

초판 1쇄 2025년 10월 24일

지은이 솔하 · **발행인** 김정수 · **고문** 이종주
발행처 데카미디어 · **출판등록** 2025년 4월 17일
주소 서울시 영등포구 당산로 214 · **E-mail** tradejjang0@gmail.com
유통 · 판매 관리 (주)행운사 · **Tel** (031)901-1137 · **FAX** (031)901-4140
E-mail luckybogo222@naver.com · luckybogo222@daum.net

ISBN 979-11-7513-058-6 (2권)
ISBN 979-11-7513-056-2 04810 (세트)

솔하 신무협 장편소설
2
철검

차 례

1장

작은 그림자였다.

무엇을 찾는지, 돌아다니면서 두리번거렸다. 자세히 보니 태조인 사숙의 손자, 태천부였다.

철경은 태천부와 얘기를 나눈 적도 없었다.

'항상 태천화 뒤에 숨어 있던 꼬마' 정도로만 기억하고 있었다.

그런데 오늘은 웬일인지 혼자 있었다.

'굳이 모습을 숨길 필요는 없지.'

그냥 무시하고 야영지로 들어갔다.

그 후에 태천부도 철경을 발견했고, 갑자기 이쪽으로 달려왔다.

헐레벌떡 달려오는 모습이 처음 보이는 적극성이었다.

그런데 막상 눈앞에 와서는 아무 말도 하지 않았다. 고개를 푹 숙이고, 애꿎은 돌멩이만 찼다. 분명 할 말이 있는데, 머뭇거리는 모습이었다.

답답한 철경이 먼저 물었다.

“무슨 일이냐?”

“저어…… 그러니까…….”

어눌하고, 겁먹은 말투였다.

자신의 옷자락을 꽉 움켜쥐고 부들부들 떨고 있는 모습이 금방이라도 울 것 같았다.

그래도 포기하지 않고, 눈을 감고 말을 이었다.

“가, 강해지고 시, 싶습니다. 어, 어떡하면…… 강해, 강해질 수 있을까요?”

태천부는 말을 더듬었다.

목소리도 작아서 무슨 말인지 알아듣기 힘들 정도였다. 말을 더듬어서 남들 앞에 서지 않는 건가?

누나 뒤에 숨어 있는 이유를 알 것 같았다.

신체의 단점으로 인해 내성적으로 변한 경우였다. 이건 고치기 쉽지 않다.

철경도 비슷한 경험이 있어서 잘 알았다.

‘그래도 바보는 아니었군.’

태천부는 본인의 부족한 점을 알고 있었고, 바꾸고 싶은 의지도 있었다.

그래도 손톱보다 작은 용기를 끌어내어 철경 앞에 서 있는 것이다.

철경은 잠시 옛날 기억이 떠올랐다.

그도 일곱 살까지는 심하게 내성적이었다. 남들보다 덩치가 커서 놀림을 당했고, 나중에는 낯선 사람과 눈도 마주치지 못했다.

어머니와 누나들이 그런 철경을 더 보호하려 했고, 그럴수록 사람들은 철경을 무시했다.

어린 나이에도 자신이 무척 한심하다고 생각했다.

자존감은 바닥을 쳤고, 나 자신을 바꾸고 싶었다.

다행히 누군가의 도움을 받았고, 극복에 성공했다.

철경은 태천부를 바라봤다.

조그만 체구에 움츠린 어깨, 조금씩 떨리는 다리, 그 모습을 보고서 옛날의 자신을 떠올렸다.

그가 천천히 입을 열었다.

"반복된 수련이다."

"……."

"매일 묘(卯)시에 일어나서 육합권을 천 번씩 수련해라."

"유, 육합권요?"

"그걸 해내면 더 가르쳐 주지."

당시 철경이 배웠던 방법이었다.

그리고 철경은 야영지 안으로 들어갔다.

일부러 태천부를 보지 않았다.

그로서는 과한 친절을 베푼 셈이다. 이제부터는 태천부 본인에게 달려 있었다.

웅성거리는 소리가 들렸다.

벌써 사람들이 일어나서 아침 식사를 준비하는 소리였다. 그런데 오늘따라 유난히 더 시끄러웠다.

'손님인가?'

마침 철경이 기다리던 사람들, 무영문에서 온 무사들이 온 것 같았다.

그런데 의외의 사람도 보였다.

신강 무영지부의 부지부장, 배중도가 섞여 있었다.

그는 철경을 보자마자, 곧장 다가왔다.

"잘 지냈나?"

"그런 셈이오."

그런데 정작 배중도는 잘 지내지 못한 것 같았다.

낯빛이 어두웠다.

무시하려다가 철경이 물었다. 아무래도 이유가 있어 찾아온 것 같았다.

"무슨 일이오?"

"자네의 도움이 필요하네."

철경의 표정에는 변화가 없었다. 하지만 내심 기분은 좋지 않았다.

지금도 귀찮은 일이 많은 상태였다. 그래서 복수가 늦어지는데, 더 이상 기다리긴 싫었다.

하지만 배중도는 쉽게 놓아줄 생각은 없는 것 같았다. 적극적으로 나섰다.

"자네 성격을 알지만, 정말 급한 일이라서 왔다네. 잠깐만 시간을 내어 줄 수 있겠나? 내 장담하건대, 절대 손해 보는 일은 없을 거야."

무영문에서 받을 자료가 있었다.

때문에 완전히 무시할 순 없었고, 결국 배중도를 따라 숲속으로 향했다.

일행과 멀리 떨어진 후, 배중도가 급히 용건을 말했다.

"자네도 알겠지만 며칠 전에 살수의 공격이 있었네. 자네 덕분에 그를 잡았지. 누가 사주를 했는지 알아보기 위해 아버님께서 직접 움직이셨어."

"배후를 찾은 거요?"

"살수의 소속만 알아냈네. 고이특문의 짓이더군."

고이특문은 유명한 살수 집단이었다.

새외에서 세 손가락 안에 드는 조직으로, 비밀스러운 것이 특징이었다.

대부분의 살수 조직은 비밀유지가 필수였다. 하지만 고이특문은 정도가 심했다. 철저하게 점조직으로 운영되며, 본단이 어디 있는지, 살수가 몇이나 있는지, 전부 비밀이었다.

하지만 무영문의 저력 역시 만만찮았다.

배민환이 마음먹고 움직이자, 결국 고이특문의 본단까지 알아냈다.

그들은 청해에 있었다.

"아버님은 무영문의 정예무사를 이끌고, 직접 본단으로 가셨네. 이번 기회에 무영문을 건들면 어떻게 되는지 똑똑히 알려준다고 이를 가셨지."

"그런데 무슨 문제가 생긴 거요?"

철경은 역시 단도직입적으로 물었다.

"처음엔 아무 문제도 없었네. 고이특문이 대단하다고 해도 결국은 살수 아닌가? 준비를 많이 했었고, 파죽지세로 밀고 들어갔다네."

"본론만 말하시오."

"알았네. 알았어. 아무튼 우린 본거지를 기습했고, 대부분 장악했네. 하지만 문주를 비롯해 중요 인물 몇몇을 놓쳤지. 그들은 낡은 지하통로로 도망쳤는데…… 그곳에 생각지도 못한 고수가 있었던 거야."

"고수?"

"맞아. 고수였네. 무영문의 정예들을 순식간에 쓰러뜨릴 정도로."

철경은 이상함을 느꼈다.

고이특문에 그런 고수가 있었으면, 진즉에 활용하면 좋

았을 텐데.

왜 본거지가 무너지기 직전까지 꺼내지 않았을까?

"아버님도 크게 부상을 당했고, 지하 이 층으로 도망쳤네. 오십 명이 들어가서 열 명 정도만 살아남은 것 같아."

"그런데?"

"그게, 고수의 상태가 이상해."

"무슨 뜻이오?"

"정신적으로 문제가 있는지, 일 층 지하실에서 나오질 않아. 덕분에 아버님이 지하 이 층으로 피신해서 살아남았지. 문제는 지상으로도 올라오지 못하시는 거고."

다친 아버지를 치료하려면, 지상으로 데려오든지, 의원을 지하 이 층으로 보내야 하는데, 그럴 수 없었다.

중간 부분인 지하 일 층에 고수가 있으니까.

그가 딱 버티고 있으니, 지나갈 수 없었다.

한마디로 그 고수 때문에 아버지가 지하 이 층에 갇혀 버렸다.

"우리 측 무사들을 계속 보냈는데, 전부 그 고수에게 당했다네. 피해만 늘어나고 있어."

"다른 길은?"

"밑으로 내려가는 길은 하나뿐이고, 억지로 구멍을 내고 길을 만들려고 했었지. 하지만 땅속이 화강암 지반이라 시간이 걸린다고 하더군."

그제야 배중도의 의도를 알 것 같았다.

"그래서 나보고 그 고수를 상대해 달라는 거요?"

"죽일 필요도 없네. 그저 갇힌 사람들을 빼낼 수 있는, 시간만 벌어주게."

사정은 잘 알았다.

그리고 궁금하기도 했다. 도대체 어느 정도의 고수이기에 무영문에서 곤란해하는 걸까?

고민하는 동안, 배중도가 먼저 조건을 제시했다.

"자네도 해야 할 일이 있다는 걸 안다네. 하지만 우리 도움이 꼭 필요한 일이지. 그리고 금액도 만만찮을 거야."

"……."

"이렇게 하세. 이번 일을 도와주면 앞으로의 정보료 일체를 받지 않겠네. 전부 무료로 해주겠단 말일세."

"내가 무슨 일을 부탁할지도 모를 텐데?"

"아버님의 목숨보다 중요한 일은 없으니까. 모자라면, 내 사비를 털어서라도 해주겠네."

그만큼 배중도는 절박했다.

철경은 곰곰이 생각하다가 다시 물었다.

"왜 나를 찾아온 거요? 세상에 나보다 강한 고수는 많을 텐데."

"솔직히 말하지. 자네 말이 맞네. 우리 무영문에도 자네 정도의 고수가 있어. 아니면 무영문의 이름으로 곤륜파나 사흑파에 부탁 해도 되고."

"……."

"하지만 시간이 없네. 아버님이 그곳에 갇힌 지 벌써 스무날이 넘었어."

배민환은 나이가 많은 노인이었다. 먼 곳에서 고수를 초빙할 시간이 부족했다.

철경이 물었다.

"그곳이 이곳에서 가깝소?"

"이틀. 아니, 자네 속도라면, 한나절에 갈 수 있지."

왕복 이틀이면 갔다 올 수 있다는 의미였다.

그리고 앞으로 무영문이 공짜로 정보를 제공해 주겠다면?

못할 이유가 없었다.

"좋소. 가 봅시다."

다만 태전문이 걱정이었다.

별일은 없겠지만, 아직은 사흑파의 속셈을 정확히 모르는 상태였다. 그래서 무영문에 수행을 부탁했다.

배중도는 무영문 무사 스무 명을 남겨두었고, 철경은 태전문 일행에게 사정을 설명했다.

그리고 철경은 배중도와 같이 고이특문으로 향했다.

한나절이 순식간에 지나갔다.

철경을 제외하고 전부 헉헉거리며, 목적지에 도착했다. 땀을 비오듯 흘려 옷이 흠뻑 젖었다.

철경이 배중도에게 물었다.

“지하실이 어디요?”

“허억. 헉. 바로 들어가려고? 조금 쉬다 가지 그러나? 보통 고수가 아니라니까.”

“근처까지만 갔다오겠소.”

철경도 무리할 생각은 없었다.

어떤 인물인지 멀리서 한번 볼 생각이었다.

고이특문의 본거지는 산중턱에 지어진 고성이었다.

굉장히 오래되었고, 청소에는 관심 없는 것 같았다. 지하실은 더러웠고, 먼지가 수북이 쌓여 있었다.

그리고 어두웠다.

단 한줄기의 햇살도 들어오지 않았고, 한 줌의 불빛도 없었다.

더럽고, 조용하고, 어두운 곳.

지하 일 층은 딱 그런 곳이었다.

철경은 금륜안을 일으켰다.

전부 보이진 않지만, 이 장 내외는 희미하게 보였다.

철경은 계속 안으로 들어갔다.

주위를 살피며 조심히 걸었지만, 특별한 점은 없었다.

어느 순간부터 쇠창살이 달려 있는 작은 방들이 나타났다. 예전에 감옥으로 사용했던 곳 같았다.

그렇게 이십 장쯤 지났을 때였다.

풍경이 달라졌다.

구조는 비슷하지만, 싸운 흔적들이 보였다.

돌벽이 깨지고, 바닥에 파인 흔적이 여럿 보였다.

한두 번이 아니라, 최소 스무 번 이상 싸운 흔적이었다.

그때부터 발걸음을 더욱 조심했다.

얼마 지나지 않아, 소리가 들렸다. 작게 흥얼거리고 있었다.

"우리 아가. 잠이 든다. 귀여운 우리가 아가, 예쁘구나. 우리……."

여자였고, 마치 속삭이는 것처럼 들렸다.

조심스럽지만, 애정이 느껴졌다.

하지만 철경은 왠지 애절함마저 느껴졌다.

곧 목소리의 주인을 만났다.

외모가 독특했다.

정확한 나이는 알 수 없었으나, 머리카락은 산발이었고, 낡은 옷을 입었다.

재질을 분간할 수 없을 정도로 더럽고 오래되었다.

그녀는 작은 강보를 안고 있는데, 마치 아기를 감싼 것 같았다. 실제로 그것을 흔들거리며, 춤을 추듯 주변을 돌아다녔다.

그런데 발소리가 들리지 않는다.

'무영문이 곤란해 하는 이유를 알겠군.'

무영문은 직업의 특성상, 은신술이 발달했다.

뛰어난 은신술을 개발하기 위해 수백 년을 노력했고, 지금은 독보적인 위치에 올랐다고 자부했다.

그런데 저 여인의 보법은 그것을 능가하고 있었다.

단순히 봐도 알 수 있었다.

분명 눈으로 보고 있는데도, 아무것도 들리지 않았다.

인기척도 느낄 수 없었고, 만약 그녀의 목소리가 없었다면 있는지도 모를 뻔했다.

'지금까지 만난 사람들 중에서, 최고 수준이군.'

만약 저 여자와 싸운다고 가정했을 때, 저런 은신술로 덤빈다면 어떻게 할까?

언뜻 그녀를 막을 방법이 떠오르지 않았다.

돌아가서 만반의 준비를 해야 할 것 같았다.

철경은 거기까지 확인하고, 뒤로 물러섰다.

그런데 저 여인의 무공은 철경의 예상을 상회했다.

갑자기 그녀가 사라졌다. 그리고 놀랄 사이도 없이 철경 뒤에서 목소리가 들렸다.

"너도 내 아기를 죽이려고 온 거야?"

철경은 반사적으로 몸을 돌렸다. 그리고 최선을 다해 주먹을 뻗었다.

파팟.

하지만 허공이다.

어느새 여인은 다시 보이지 않았다.

그리고 어깨 쪽이 따끔했다.

어느새 여인이 단검으로 찌른 것이다.

비록 금강철인을 뚫지 못했지만, 상상을 초월하는 움직임에 혀를 내둘렀다.

'대단하다.'

다행히 그녀의 공격은 철경에게 통하지 않았다.

철경의 신체가 워낙 단단해 그저 붉은 자국만 생겨날 뿐이다.

철경도 그녀를 잡을 수 없다. 그점이 문제였다.

그녀는 정말 빨랐다.

그리고 은밀했다.

특히 이렇게 어두운 장소에서 그녀의 행적을 쫓는 건 불가능에 가까웠다.

파각. 쉬익.

파파팟. 파팟.

잠깐 사이에 벌써 스무 번이나 넘게 베었다. 그리고 사라졌다.

철경은 속수무책으로 당할 뿐이다.

그녀를 볼 수조차 없었다.

'그냥 이대로 뚫고 지나갈까?'

이번 일의 목적은 배민환을 빼내는 것이다.

그녀를 이기는 것이 아니었다.

이대로 지하 이 층으로 내려가서 살아남은 이들을 만나면 된다. 그리고 배민환과 무영문 무사들이 빠져나갈 동안 그녀를 상대하면 의뢰 해결이었다.

실제로 철경은 그녀를 무시하고, 이대로 지나치려 했다. 그러다 문득 한 가지 생각이 떠올랐다.

'잠깐만. 이건 기회일 수도 있잖아.'

난생 처음보는 경공의 고수였다.

이대로 지나가는 것보다 그녀의 경공을 보고 배워야 하지 않을까?

마침 태조인 사숙에게 천을미리보를 배웠고, 경공, 보법에 대해서도 고민을 하던 때였다.

이번에 그녀를 상대하면서 배울 수도 있다. 그래서 더 강해질 수 있었다.

철경은 걸음을 멈추었다. 그리고 금륜안을 이 단계까지 끌어올렸다.

후우우우.

호흡을 길게 내뱉으며 그녀를 찾았다. 눈으로 보이진 않지만, 청력의 감각도 올라갔다.

두근…… 두근…….

그녀의 심장 소리가 들린다.

아주 가늘고, 길었다. 그리고 숨소리는 들리지 않았고, 일반인보다 열 배는 느린 것 같았다.

쉽지 않지만, 대충 어디에 숨었는지 알아냈다.

'그럼 배워볼까?'

그는 바닥에서 작은 돌을 한 움 큼 쥐었다. 그리고 손가락으로 돌을 하나씩 튕겼다.

피이잉.

그녀가 숨어 있던 곳으로 날아갔다.

스슥.

그녀가 움직였다.

철경은 놓치지 않고, 그녀를 유심히 살폈다.

확실히 금륜안 이 단계가 되자, 그녀를 볼 수 있었다.

발과 다리를 어떻게 움직이는지, 어떤 형식으로 바닥을 밟는지, 손이나 허리의 모습도 살폈다. 또 내공을 운용하는 방식 또한 눈여겨보았다.

피익. 피익.

사악.

깡.

그녀는 정확히 철경의 요혈만 노렸다. 하지만 철경은 막는 것에만 집중하니, 큰 피해는 없었다.

그러면서 눈은 계속 그녀를 쫓았다. 만약 그녀가 움직이지 않으면, 돌멩이를 튕겼다.

그렇게 그녀를 움직이게 만들었다.

'대단하군.'

그녀를 관찰할수록 감탄스러웠다.

그녀는 주변의 공기를 바꾸지 않았다.

흐름을 만드는 것도 아니고, 바람을 타고 쫓는 것도 아니었다.

그저 동화되었다.

있는 듯 없는 듯 녹아내려, 완벽하게 융화되었다.

마치 사람이 공기가 익숙해서 느끼지 못하듯, 그녀를 느끼지 못하는 것이다.

그럼 나도 따라 할 수 있을까?

'흉내라도 내봐야지.'

이번에는 철경이 움직였다.

그녀의 내공을 훔치진 않았다. 그녀가 녹아내리는 건, 내공의 영향이 아니었기 때문이다.

보법이나 경신술도 상관없었다.

그것보다 깨달음에 가까웠다.

철경은 목하시류결을 일으켰다. 그리고 천을미리보의 경공을 사용하면서 그녀를 쫓았다.

그리고 그녀의 깨달음을 닮아가려 애썼다.

금륜안으로 보고 느낀 것을 몸으로 구현하려 노력했다.

쉬익.

쉭.

파파팟. 파팟.

시커먼 어둠 속이라 아무것도 보이지 않았다. 대신 바람 소리와 파공음만 무수히 들렸다.

그녀와 철경이 싸우는 소리였다.

여전히 그녀가 압도적으로 빨랐다. 하지만 철경이 그녀를 따라잡고 있었다.

어느덧 흐름이 비슷해지는 것 같았다.

카깡.

처음으로 그녀의 비수가 막혔다.

철경이 막은 것이다.

그러자 그녀의 움직임이 멈추었다. 그녀는 뒤로 훌쩍 뒤로 물러서더니, 진지하게 물었다.

"넌 누구냐?"

조금 전과는 다른 분위기였다.

웃음기가 사라지고, 눈빛이 또렷했다. 그녀의 기운 역시 차분하고 묵직했다.

철경은 대답하지 않았다.

여기서 무슨 말이 필요할까?

"좋아. 말하지 않겠다는 거지?"

그녀의 분위기가 다시 변했다.

이번에는 날카로운 칼날로 변했다.

얼마나 날카로운지 가만히 쳐다만 보는데도, 온몸이 찢겨 나가는 것 같다.

게다가 그녀의 소도가 환하게 빛이 피어났다.

단순한 검기가 아니라, 검강이었다.

철경은 바싹 긴장했다.

이제부터는 안심할 수 없었다. 단 한 번의 실수로 자신의 신체가 잘릴 수 있었다.

그녀로부터 느껴지는 위화감도 대단하여, 지난번에 싸웠던 화천백을 능가했다.

'잘못하다간 죽는다.'

마가르가 준 구결과 얼마 전 깨달음으로 금강철인을 구성까지 끌어올렸다. 하지만 아직 완벽하지 않았다.

검강을 막을 수준은 아니었다.

스스슥.

더 빨라졌다.

그녀의 경공은 이미 완성된 것이 아니었던가? 금륜안 이 단계인데도 보이지 않았다.

짜아악.

등이 갈라졌다.

가까스로 피해서 이 정도지, 뼈까지 드러날 뻔했다.

철경은 더욱 집중했다.

그녀의 움직임을 신경 쓰면서도, 이길 방법을 모색했다.

'정공법으로는 이길 수 없다.'

그럼 변칙으로 상대해야 하는데.

그녀의 약점은 무엇인가?

'아기.'

정확히 말하면, 강보에 쌓여 있는 무엇이었다.

금륜안으로 봤을 때, 살아 있는 아기는 아니었다. 심장이 뛰지 않았다.

'강보는 어디에 있지?'

그녀가 들고 있지 않다.

철경은 시야를 확대했지만 잘 보이지 않았다. 어쩔 수 없이 그녀가 있던 장소로 무작정 달렸다.

짜아악.

이번에는 왼쪽 팔이 길게 찢어졌다. 피가 크게 튀면서 흘러 내려지만, 신경 쓰지 않았다.

지체할 시간이 없었다.

콰앙.

쾅.

일부러 벽을 부수며 달렸다.

돌이 사방으로 튀었고, 그때 그녀의 반응을 살폈다.

효과가 있었다.

벽을 다섯 개째 부술 때, 그녀가 방향을 바꾸는 것이 느껴졌다.

철경을 지나쳐 한 곳으로 달렸다. 감옥 안으로 들어가는 걸 보아, 강보가 안쪽에 있는 것 같았다.

경공은 그녀가 빠르지만, 철경에게는 다른 방법이 있었다.

그는 들고 있던 돌멩이를 힘껏 던졌다.

콰앙. 쾅.

두 개의 벽을 뚫어버렸고, 강보가 있는 벽까지 건드렸다.

"안 돼!"

그녀는 비명을 질렀다.

무너지는 벽 사이로 그녀가 강보를 안는 것이 보였다.

잔상이 보일 정도로 놀라운 속도였다.

"아가야."

그리고 벽이 무너지기 전에 그곳에서 빠져나왔다.

하지만 그녀는 철경을 놓쳤다.

퍼억.

철경도 빨랐고, 어느새 그녀 앞까지 다가왔다. 그리고

그녀의 옆구리를 강타했다.

우직.

그녀의 몸이 반으로 접혔다.

콰앙. 쾅. 쾅.

그녀는 날아가면서 다른 쪽 벽을 부수었다.

'조금 더.'

철경은 주먹에 닿는 느낌으로 알았다.

그녀는 반탄기공으로 몸을 보호하고 있었다. 아마 피육은 상하지 않았을 것이다.

그녀는 미숙하지만, 절대고수였다. 방심할 수 없다.

한 번 잡은 기회를 놓칠 수 없었다.

철경은 전력으로 진천무 용천난무를 시전했다.

주먹, 무릎, 발 할 것 없이 태풍이 몰아치듯 휘둘렀다.

숨 한 번 뱉지 않았고, 끊임없이 백여 초를 몰아쳤다.

그녀는 정신없이 맞았고, 힘없이 쓰러졌다.

털썩.

그러고는 일어나지 못했다. 압도적인 공격력에 비해 형편없는 체력이었다.

"허억. 헉."

철경은 후속 공격을 준비했다.

아직 그녀가 죽은 건 아니었다. 단지 정신을 잃은 것뿐이다.

'지금 죽여야한다.'

다시 일어난다면, 상당히 귀찮아질 게 뻔했다.

그냥 죽여 버리는 것이 나았다.

그녀에게 다가갔다.

그때 그녀가 안고 있던 강보가 보였다.

굉장히 낡은 물건이었다. 재질은 고급스러운 비단 같은데, 너무 오래되어 금방이라도 찢어질 것 같았다.

그리고 안에 있는 내용물도 살짝 흘러나왔다.

목각 인형이랑 뼛조각들이었다.

뼈의 크기는 무척이나 작았다.

세 살 전후의 어린 아기의 것으로 짐작할 수 있었다.

설마 그녀의 자식일까?

그럼 그녀가 이것에 집착하는 이유도 알 것 같았다.

"소, 손대지 마. 그 더러운 손으로 우리 아기를 만지지 마!"

그녀가 소리쳤다.

어느새 정신을 차린 것이다. 그녀는 억지로 일어섰다.

하지만 다리가 완전히 풀려 비틀거리고 있었다.

털썩.

그녀는 다시 쓰러졌다.

그녀는 철경 앞에 엎드렸다. 그리고 소리쳤다.

"살려줘. 아기만은 살려줘. 내가 죽을게. 나를 죽여도 되니까 이 아기만은 살려줘. 그냥 내가 스스로 죽을까? 그럼 살려주겠어?"

그녀는 자신이 무슨 말을 하는지도 모른다.

울지도 않았다.

그저 같은 말만 되풀이할 뿐이다.

과거의 어떤 상황과 지금 상황을 헷갈려하는 것 같았다.

다시 정신이 이상해지며, 혼란스러워했다.

솔직히 조금은 안타까웠다.

자세한 내용은 모른다. 하지만 그녀는 아기를 지키려 한다. 누군가 아기를 노렸다는 뜻이다.

하지만 아기는 이미 죽었으니, 지키는데 실패했다는 의미였다.

그래서 정신을 놓았을까?

철경은 자신도 모르게 물었다.

"복수는…… 했나?"

울면서 들썩이던 어깨가 멈추었다.

그녀는 바닥에 엎드린 채로 물었다.

"뭐라고?"

"그 아기의 복수, 했냐고?"

그러자 그녀는 고개를 들었고, 철경을 바라봤다. 그리고 다시 강보를 보면서 중얼거렸다.

"아기의…… 복수…… 내가 했었나? 이 귀여운 아기를

이렇게 만든 놈을…… 내가 죽였던가?"

그녀는 몇 번이고 중얼거리더니, 고개를 저었다.

"모르겠어. 생각이 안 나. 누가 아기를 죽였지? 왜 죽였지? 나는 복수를 했었나? 내가 할 수 있는 건 복수밖에 없는데. 무조건 복수를 해야 하는데."

아무래도 기억에도 문제가 있는 것 같았다.

그때 갑자기 그녀가 일어나더니, 철경을 향해 단검을 휘둘렀다.

철경은 뒤로 물러섰고, 반격을 준비했다.

하지만 그녀는 사라졌다.

어둠 속으로 들어가 버렸다. 바닥에 있던 아기의 강보도 없어졌다.

철경은 경계를 풀지 않고, 주변을 둘러봤다. 하지만 그녀는 나타나지 않았다.

금륜안 이 단계로도 그녀의 흔적을 찾을 수 없었다. 아마도 지하 일 층을 완전히 벗어난 것 같았다.

"으음."

어찌 됐든 지금이 기회였다.

철경은 지하 이 층으로 내려갔다.

"누구냐?"

날카롭게 목소리와 함께 무영문의 무사들이 나타났다.

철경이 물었다

"배민환 지부장은 아직 살아 있나?"
"철경, 자넨가?"
힘없는 목소리지만, 분명 배민환이었다.
철경은 그에게 말했다.
"나갑시다."
그리고 먼저 몸을 돌려 지하 일 층으로 올라갔다. 무영문의 무사 한 명이 소리쳤다.
"이봐. 그쪽은 괴물 여자가 있는……."
배민환이 그를 막으며, 따라 올라갔다.
"관둬라. 저 남자가 내려왔다는 뜻은, 그 미친 여자를 해결했다는 뜻일 테니."
철경은 굳이 설명하지 않았다.
그저 다시 나타날 것을 대비하면서 걸었다.
하지만 지상으로 올라올 때까지 그녀는 나타나지 않았다.
무사히 배민환 일행들을 데리고 나올 수 있었다.
"아버님!!"
배중도가 반기며 다가왔다.
그와 함께 대기하던 의원들도 달려왔고, 부상자들을 부축했다.
그들의 상태를 살피느라 정신이 없었다.
철경은 한쪽 구석에 앉아서 기다렸다. 마침 그에게도 시간이 필요했다.

고수와 만나서 목숨을 걸고 싸웠다. 그녀에게서 얻은 깨달음이 있었고, 그것을 잊어버리기 전에 내 것으로 만들어야 했다.

철경은 당시의 상황을 되뇌며, 하나씩 복기했다.

무려 두 시진을 멍하니 앉아 있었다.

문득 배중도가 앞에서 기다리는 걸 발견했다.

"이제 끝났는가?"

철경은 고개를 끄덕였고, 배민환은 고개를 숙였다.

"고맙네."

"약속이나 잊지 마시오."

"당연하지. 그리고 이건 자네가 원하던 자료일세."

"……."

"앞으로도 다른 것이 필요하면 말만 하게. 무엇이든 알아봐 줄 테니."

배중도는 작은 궤짝을 건네주었다.

두 번째 복수를 위한 자료들이 담겨 있었다.

철경은 희미한 미소를 지으며, 궤짝을 어깨에 짊었다.

그러자 배중도가 한 사람을 데리고 왔다.

"자네 일행들은 지별산 근처를 지나고 있다고 하네. 저 친구가 거기까지 안내해 줄 걸세."

"고맙소. 그럼 수고하시오."

철경은 짧게 대답한 뒤, 안내인에게 출발하라는 신호를

보냈다.

배중도는 쓴웃음을 지었다.

솔직히 이 정도 도움을 주었으면, 잘난 척을 해도 된다. 하지만 철경은 조금의 우쭐거림도 없었다.

그저 다음 할 일만 생각할 뿐이다.

'하긴. 저래야 철경답지.'

배중도는 안내인에게 손짓을 보냈다.

그러자 안내인은 인사를 하고 지별산을 향해 달려갔다.

철경은 말없이 그를 좇았다.

철경은 살짝 흥분한 상태였다.

몸 상태는 좋지 않지만, 경공 부분에 대해 깨달음이 있었다.

그리고 두 번째 복수를 위한 자료도 마침내 얻었다.

'하루빨리 목적지에 도착해야겠군.'

그렇게 다짐했건만, 상황은 생각처럼 흘러가지 않았다.

다시 한나절이 걸려, 지별산에 도착했다.

태전문 일행들도 금방 찾았다.

그런데 어이가 없는 일이 벌어졌다.

그들의 상태가 정상이 아니었다.

대부분 피투성이에 붕대를 감고 있었고, 마치 전쟁을 치른 모습이었다.

이곳을 떠난 지 겨우 이틀인데.

"어떻게 된 거지?"

철경이 나타나자, 몇 사람이 동시에 소리쳤다.

"엉엉. 사숙. 천부가 납치됐어요."

"그 X발놈들이 갑자기 쳐들어왔잖아."

"어쩔 수 없었습니다."

"죄송합니다. 철경 대협."

태천화는 엉엉 울었고, 마가르와 자타르 의원은 잔뜩 흥분해 있었다.

태조인은 얼굴이 하얗게 질린 것이 병이 도진 것 같았고, 태무경과 허종은 크게 다친 상태였다.

중구난방으로 떠들어서 정신이 없었다.

"모두 조용."

일행들은 입을 다물었다. 철경은 곽우영을 지목했다.

"그쪽이 말하시오."

곽우영도 여기저기 부상을 입었지만, 심리적으로 안정된 상태였다.

그녀는 차분하게 설명했다.

"두 시진 전에 산적의 습격을 받았습니다. 지별산을 오른 후부터 누군가 따라온다는 느낌은 받았는데, 갑자기 나타나더군요. 전력은 비슷했습니다. 숫자는 저쪽이 많았지만, 실력은 이쪽이 우세했거든요. 결국 그들은 물리쳤지만, 사상자는 두 명, 전원 부상을 입었습니다. 그리고…… 태전문의 막내인 태천부가 산적에게 납치당했습니다."

"산적들이, 그렇게 강한가?"

현재 태전문 일행들은 약하지 않았다.

인원은 적지만, 절정고수만 세 명 있었고, 낭인 네 명과 무영문 무사 스무 명도 일류고수들이다.

웬만한 중소문파보다 강하다 할 수 있었다.

그런데 고작 산적하고 비등하게 싸웠다니. 설마 사흑파가 산적으로 위장한 건가?

"그 산적들은 녹림이었습니다."

무영문 무사들 중 한 명이 나서서 대답했다.

산적은 산에서 활동하는 도적을 의미한다. 대부분 삼류 이하의 무공을 지녔지만, 녹림은 달랐다.

그들은 체계가 있었고, 상승 무공을 익혔다. 그리고 어느 순간부터 사파의 거대문파로 분류되었다.

대륙 곳곳에 칠십이 개의 산채가 깔려 있고, 그들에게 한 번 찍히면, 일만 명의 산적들이 덤볐다.

무영문 무사가 계속 설명했다.

“청해에는 녹림 소속 산채가 다섯 개 있습니다. 그런데 최근 진운채가 근거지를 옮긴다는 소문은 들었는데, 설마 지별산 근처인 줄은 몰랐습니다. 미리 알려드리지 못해 죄송합니다.”

하지만 이건 무영문의 잘못이 아니었다.

산의 주인인 양, 지나가는 사람들을 약탈하는 산적 놈들이 문제였다.

철경은 가지고 온 궤짝을 내려놓았다. 그리고 무영문의 젊은 무사에게 물었다.

“녹림의 진운채가 확실한가?”

“진운채 채주인 추진상을 봤으니까요. 진운채가 확실합니다.”

“진운채의 위치는? 알고 있나?”

“정확한 위치는 모릅니다만, 도망간 흔적이 있습니다. 쫓을 수 있습니다.”

산적들은 무작정 도망쳤고, 흔적을 숨기진 않았다. 추적술의 기본만 익혀도 쫓을 수 있었다.

철경은 자신의 몸 상태를 점검했다.

크게 싸웠고, 곧바로 달려와서 지친 상태였다. 그래도 싸울 수는 있었다.

듣자 하니 산적 쪽에도 피해가 있었다고 한다. 그럼 회복을 하기 전에 급습하는 편이 나았다.

'그래도 이들을 전부 데려갈 수 는 없으니.'

혹여나 다른 일이 벌어질지 모른다. 두 명만 데려가기로 마음먹었다.

철경은 둘러보다가, 흑곰 허종을 바라봤다.

"걸을 수 있나?"

"네에? 아. 네에. 가능합니다."

"따라와라."

여기서 제일 믿을 수 없는 놈이지만, 무공은 쓸 만했다.

물론 허종은 울상을 지었다.

얼떨결에 싸우긴 했지만, 상당히 힘들었다. 이상하게 산적들이 자기에게만 덤빈 탓이다.

'끄응. 쉬고 싶은데.'

하지만 철경의 얼굴을 보자, 거절할 수 없었다.

어쩔 수 없이 철경을 따라나섰다.

그렇게 철경과 허종, 무영문의 무사 한 명이 산적들을 쫓아갔다.

휘익.

휙.

산적들은 자신들의 흔적을 하나도 지우지 않았다.

실력에 자신 있는지, 귀찮은 건지 알 수 없지만, 세 사람에게는 잘된 일이다.

너무나 쉽게 쫓아갔다.

그리고 반 시진도 안 되어 그들의 산채에 도착했다. 정확히 말하면, 산채가 보이는 언덕 위에 있었다.

철경은 언덕 위에서 산채를 면밀히 살폈다.

통나무로 만든 건물이 열 개 있었다. 중앙에는 연무장처럼 넓은 장소도 있었고, 산적들은 고기를 구우며 술을 마시고 있었다.

대략 오십 명쯤 되었다.

다친 놈들은 대충 붕대로 감았고, 술로 아픔을 잊으려는 것 같았다.

깊은 내공이 느끼지는 이는 거의 없었다.

제일 큰 목조건물에서 심상찮은 기운이 느껴졌다. 채주를 비롯해 고수들은 그쪽에 있었다.

그리고 이 모든 것을 둘러싼 목책이 보였다.

무영문 무사의 말이 맞는지, 목책은 전부 새것처럼 보였다.

철경은 무영문 무사에게 물었다.

"진운채는 어떤 곳이지?"

그는 준비를 하고 있었는지, 술술 대답했다.

"녹림의 산채는 칠십두 개 있습니다. 하지만 그중에서 쓸 만한 곳은 절반도 되지 않습니다. 그리고 정말 위험한 곳은 상위 십팔 채뿐입니다. 절정 고수를 최소 셋 이상 보유하고 있으며, 각각 중소문파 이상의 전력을 지니고 있습니다."

"……."

"진운채는 그중 십오 위로 녹림 상위권이라 할 수 있습니다. 채주는 추진상이란 자이며, 도끼를 사용하는 절정 고수입니다. 그리고 주의해야 할 인물로는 부채주 공판이 있는데……."

무영문의 무사는 아는 것이 많았다.

나이는 어려보이지만, 설명도 조리 있게 잘했다.

철경은 그 내용을 참조하면서, 산채에서 눈을 떼지 않았다.

일반적으로 알려진 정보도 중요했다. 하지만 더욱 중요한 것이 지금의 정보였다.

현재 산적들은 몇 명인지, 어디에 많이 있고 무엇을 주로 하고 있는지.

인질은 어디에 있고, 또 몇이나 있는지.

가능한 모든 걸 파악해야 했다. 그래야 현실적인 계획을 세울 수 있었다.

금륜안은 이럴 때 큰 도움이 되었다.

멀리 있는 것도 자세히 볼 수 있었다.

무슨 말을 하는지도, 독순술로 짐작할 수 있었다.

그렇게 해서 대략적인 상황을 파악했다.

현재 인원은 정확히 구십오 명, 그중 스물두 명은 부상으로 건물 안에 있었다. 오십일 명은 술을 마셨고, 열두 명이 보초를 섰다.

채주를 비롯해 열두 명은 제일 큰 건물 안에 있었다.

그리고 서쪽에 있는 붉은 색 통나무집에는 인질도 있는 것 같았다.

하늘을 보니 해가 지기 직전이었다.

철경은 머릿속으로 계획을 세운 뒤, 허종에게 말했다.

"한 시진 후, 해가 지고 나면 너는 정문으로 들어가라."

"저 혼자서요?"

"입구에서 최대한 소란을 일으키면서, 이목을 끈다. 그리고 최대한 산적들을 죽여라."

"저어, 제가 약한 척하는 게 아니라 저 혼자서는 무리입니다. 특히 채주란 놈은 일대일로 싸워도 이길 수가……."

"고수들이 나타나면서 도망쳐도 좋다."

"아, 그럼 알겠습니다."

도망칠 수만 있다면 할 만하다고 생각했다. 물론 최대한 빨리 도망칠 생각이지만.

철경은 무영문의 젊은 무사에게 물었다.

"이름이 뭐지?"

"경아인입니다."

"네가 태천부를 구한다. 한 시진 뒤, 서쪽 철책으로 넘어가서 숨어 있어라. 허종이 소란이 피우면, 붉은색 통나무집으로 들어가면 된다. 그 안에 인질이 있을 것이다."

"알겠습니다."

이번에는 허종이 조심스럽게 물었다.

"저어, 형님은요?"

"난 뒤에서 기습한다."

철경은 제일 큰 통나무집을 노릴 생각이었다.

허종이 소란을 피우면, 채주를 비롯한 고수들이 달려갈 것이다. 그 전까지 숨어 있다가 뒤에서 기습하여 죽일 생각이었다.

"명심해라. 이번 전투의 목적은 인질의 구출, 그리고 산적의 말살이다."

여기 있는 놈들은 두렵지 않았다.

하지만 이들을 살려둘 경우, 녹림의 다른 무리를 끌어들일 수 있었다.

귀찮은 건 딱 질색이다. 그래서 가능한 전부 죽여서 흔적을 없앨 계획이었다.

세 사람은 각자 맡은 곳으로 움직였다.

반 시진 정도 흐르자, 해가 떨어졌다. 산속이라 그런지

해가 빨리 졌다.

철경은 천천히 산채 안으로 들어갔다. 산적들 눈에 피해 제일 큰 목책으로 향했다.

체구는 크지만, 경공의 수준이 높았다.

더구나 그저께 이름 모를 여자와 싸운 것이 도움이 되었다. 그는 어둠속에 녹아들었고, 은밀하게 목표 지점까지 다가갈 수 있었다.

이제 약속 시간까지 일식경이 남았다.

그런데 뭔가 이상했다.

철경은 어떤 위화감을 느꼈다.

'기척이 없어.'

제일 큰 산채 안에서는 아무것도 느껴지지 않았다.

분명 언덕 위에서 확인할 때는 은은한 기운을 느꼈다. 시끄러운 목소리도 들었고, 들락날락하는 이도 있었다.

그런데 어느 순간부터 그런 것들이 사라졌다.

너무나 조용했다.

물론 건물 밖에는 여전히 술을 마시거나, 떠드는 산적들이 있었다.

오직 산채 안만 조용했다.

'설마, 함정인가?'

콰아앙.

"으아아아. 새끼들아. 다 나와. 나오라구"

때마침 큰 목소리와 함께 목책의 입구가 부서졌다.

허종이었다.

그가 약속을 지키고, 산적들의 시선을 끌었다. 이젠 되돌릴 수 없었다.

'좋아. 이대로 진행한다.'

철경은 주먹을 꽉 움켜쥐었다.

온몸을 투기로 채웠고, 마음의 준비를 했다. 함정이라도 뛰어들 생각이었다.

술을 마시던 산적들은 쌍욕을 뱉으며 입구로 달려갔다.

그런데 정작 건물 안의 고수들은 아무런 반응도 없었다.

산채 안으로 들어가는 순간에도 이상함을 느꼈다.

숨소리가 들리지 않았다. 산적들이 이렇게 은신술이 뛰어나다고? 그리고 이렇게나 참을성이 많을까?

너무나 이상했고, 철경은 문을 여는 순간 멈추었다.

혈향을 맡았다.

한두 명이 아니라, 수십 명의 몸에서 흐르는 향기였다.

산채 안은 시체들로 가득 차 있었다.

전부 산적들이다.

그리고 살해 당한 방식은 비슷했다.

목뒤에 작은 상처가 있는데, 말을 하지 못하게 성대부터 찔렀다.

그리고 귀 안으로 다시 찔러 뇌를 파괴했다. 그렇게 두 번으로 생명을 앗아갔다.

대부분 그런 식이었다.

그 수는 총 스물두 명.

안에 있던 고수들과 이곳에 술을 나르던 산적들까지 모두 죽인 것 같았다.

"으으으으. 사, 살려……."

단 한 녀석은 살아 있었다.

다만 손목 발목이 모두 잘렸고 바닥을 기고 있었다.

외모로 보아하니, 산채의 채주 추진상이다. 그는 지금 한 사람을 피해 도망치고 있었다.

물론 철경이 아니었다.

귀여울 정도로 작은 발의 소유자였다. 그 발의 주인을 보고, 철경도 놀랐다.

내공을 전력으로 끌어올리고, 잔뜩 긴장했다.

'그녀다.'

지하실에서 만났던 여자.

세상에서 가장 소중한 듯 강보를 품에 안고, 살랑살랑 흔들고 있었다.

그녀는 마치 친구를 만난 것처럼, 철경을 반겼다.

"이제 왔어?"

여전히 작은 목소리였다.

하지만 발음이 분명했고, 정신이 혼란스러워 보이진 않

았다.

철경이 긴장을 늦추지 않았다.

"네가 이들을 죽였나?"

"맞아."

"이유는?"

"네가 원했잖아."

철경이 이들을 죽이려했던 건 맞았다.

"하지만 내가 원하는 걸……. 네가 할 이유는 없다."

그녀는 이가 보일 정도로 환히 웃었다.

"나도 복수하려고."

나도 복수?

이해할 수 없는 말이었다. 이어서 그녀가 철경에게 물었다.

"너도 소중한 사람을 잃었지?"

"……."

"처음이었어. 나를 그렇게 본 사람은……."

"무슨 뜻이지?"

"그건, 연민이나 동정이 아니었어……. 내 마음을 알고 있다. 이해한다는 눈빛이었어."

아기의 복수를 했냐고 물어볼 때를 말하는 건가?

분명 그때는 그런 감정이 있었다.

"그때 알았지. 아, 너도 나와 비슷하구나. 소중한 누군가를 잃었구나. 그렇지?"

"비슷하긴 하다."

"그리고 복수를 계획하고 있지?"

"……."

철경은 대답하지 않았다. 하지만 그녀는 이미 그렇게 생각하고 있었다.

"나도 이제 아기를 그만 그리워하고, 그만 미안해하려고. 그것보다 복수를 해야지."

"기억이 돌아온 건가?"

"아니. 복수는 하고 싶은데, 생각이 나지 않아. 내가 누군지, 내 아기의 이름이 뭔지. 하나도 생각나지 않아."

"……."

"그러니까 나를 도와줘. 그럼 나도 너를 도와줄게."

서로의 복수를 도와주자는 의미였다.

철경이 처음 느낀 감정은 귀찮음이었다.

'내 복수를 하기도 벅찬데, 저 여자의 일까지? 그럴 필요가 있을까?'

하지만 잠시 후, 생각을 달리했다.

그는 주변을 둘러보았다.

이 짧은 순간에, 자신의 이목을 숨기고 수십 명을 죽인 여자였다.

아무나 하지 못하는 일이었다.

그녀는 굉장히 날카로운 칼날이다.

정신은 이상하지만, 잘만 활용하면 자신의 복수에 이용할 수 있었다.

그리고 철경은 복수를 하기 위해서라면, 수단과 방법을 가리지 않기로 마음먹은 상태였다.

그래.

성공 확률을 높일 수 있다면 무슨 일이든 해야지.

철경은 냉정하게 생각했다.

어느 쪽이 더 이득인지. 그리고 어떻게 해야 하는지.

그리고 고민 끝에 입을 열었다.

"두 가지 조건이 있다."

"말해."

"첫째, 무조건 내 지시에 따를 것. 이건 부탁이 아니라 명령이 될 거다."

"으음. 그건 싫은데."

"싫으면 관둬라. 복수를 하든, 지하 감옥으로 돌아가든 알아서 해."

잠시 후 그녀가 말했다.

"만약에 내 복수와 네 복수가 부딪친다면, 그땐 어떡할 거야?"

"그때는 합의해서 결론을 내도록 하지."

"좋아. 두 번째는?"

"네 복수와 내 복수가 성사되면, 우리 계약은 끝난다. 남남이 되는 거야."

"그건 마음에 들어."

그 외 세세한 내용은 나중에 정하기로 합의했다.

우선 철경은 살아남은 채주에게 다가갔다.

아직 의식은 있지만, 손발이 잘려 피를 계속 흘리고 있었다.

언제 죽을지 모른다.

철경은 그에게 묻고 싶은 것이 있었다.

"왜 지별산으로 온 거지? 그리고 우리를 습격한 이유는?"

기존의 산채를 버리면서까지 이곳에 왔다면, 분명 이유가 있을 것이다.

그 점이 신경 쓰였다.

그런데 의외로 채주가 독종이었다. 그 지경이 되었어도 입을 열지 않았다.

"크흐흐. 미친 연놈들아. 그냥 죽여라. 내가 입을 열 것 같……."

푸욱.

그는 말을 맺지 못했다.

그녀가 단검으로 목을 찌른 것이다. 철경이 말릴 새도 없었다.

철경은 어이가 없어서 물었다.

"왜 죽였지?"

그러자 그녀는 순진한 눈동자로 되물었다.

"왜라니? 본인이 죽여달라고 하잖아?"

과거의 삶이 궁금해지는 여자였다.

어떻게 살인에 대한 거부감이 손톱만큼도 없을까?

'후우. 하나부터 열까지 다 가르쳐야겠군.'

날카롭지만, 그만큼 사용하기 어려운 칼날이 될 것 같았다.

벌컥.

그때 문이 열렸다.

"형님. 산적 놈들을 다 때려잡았습니다. 그런데 센 놈들은 안 보이는데요. 전부 어디……. 허억!"

허종이었다.

그는 바닥에 깔려 있는 시체들을 보고 깜짝 놀랐다. 그리고 혀를 내둘렀다.

"정말 대단하십니다. 형님. 산적들을 소리도 없이 이렇게 처리하시다니요. 존경합니다."

"그만둬!"

갑자기 철경이 소리쳤다.

흑곰은 철경의 목소리에 놀랐다가, 뒷목이 서늘하다는 걸 깨달았다.

목 뒤에 날카로운 뭔가 누르고 있었다.

어느새 여자 한 명이 뒤에 붙어 있었다. 조금이라도 늦었다면, 이유도 모르고 죽을 뻔했다.

철경이 여자에게 말했다.

"그놈은 나와 같이 있었던 놈이다. 너도 봤잖아."

"아아, 그랬나?"

그녀는 대충 대답하더니, 스슥 사라졌다.

그리고 철경의 뒤쪽에 나타났다.

허종은 목 뒤에서 흐르는 피를 만지면서 침을 꿀꺽 삼켰다.

"저, 저 여자는 누굽니까?"

철경은 그것보다, 그녀에게 분명히 말했다.

"첫 번째 지시사항이다. 앞으론 내가 죽이라는 놈만 죽여."

"위급사항이면?"

"네 목숨이 위태롭지 않는 한, 죽이지 마라."

"알았어. 그렇게 하지."

그녀는 고분고분히 대답했다.

"당신 이름은?"

"몰라. 기억 안 나."

철경은 잠깐 생각하더니, 아예 이름을 만들어주었다.

"네 이름을 찾을 때까지 '진서'라 부르겠다."

"진서라…… 호호. 좋네. 아가야. 내 이름은 진서란다. 좋은 이름이지 않니?"

그녀는 이름이 마음에 들었는 듯, 춤을 추듯 돌아다녔다. 그리고 어느 순간 사라졌다.

정말 놀라운 경공이었다.

허종은 그녀가 사라지는 걸 보면서, 계속 눈을 비볐다. 버젓이 보고 있는데 저렇게 사라질 수 있지?

이 많은 산적을 죽인 사람이 그녀라는 것도 깨달았다.

눈으로 목격하고, 직접 당해보니 알 수 있었다.

"형님. 그 여자는……."

"지금은 같은 편이다. 그렇게만 알고 있어라."

"아아, 넵."

"그리고 다른 사람에게는 말하지 마라."

"알겠습니다."

'제기랄. 저 여자는 또 뭐야?'

허종은 오싹함을 느꼈다.

그러잖아도 철경이 괴물 같아서 부담스러운데, 저런 여자까지 나타나다니.

앞으로 행동거지를 더욱 조심해야겠다고 다짐했다.

마침 무영문의 무사, 경아인이 나타났다.

태천부를 포함하여, 인질 스무 명과 같이 있었다.
철경은 인질을 무영문 쪽에 부탁했다.
"알겠습니다. 저희가 책임지고, 모두 집으로 돌려보내겠습니다."
"필요한 비용은 산적 것을 사용해."
한쪽 건물에 그동안 모은 돈과 패물들이 가득했고, 그것까지 모두 맡겼다.
다음에 철경은 태천부, 허종과 함께 일행에게 돌아갔다.
"천부야. 엉엉."
태천화는 울면서 태천부를 끌어안았다. 그리고 태조인과 태무경은 안도의 한숨을 쉬었다.
어떻게 구출했고, 산적들이 어떻게 되었는지 아무도 묻지 않았다. 항상 그랬듯, 철경이 잘 처리했을 거라 믿고 있었다.

다음 날 일행은 다시 출발했다. 그리고 이틀 후에 목적지인 덕령합에 도착했다.
깨끗하고 조용한 마을이었다.
일단 마을에서 하나밖에 없는 객잔으로 들어갔다.
그리고 철경은 곧장 태무경을 찾았다. 무영문에서 준 자료를 주었다.

"태전문이 정착할 땅과 건물을 찾는 데 참고하시오."

"감사합니다. 이제부터는 저한테 맡기십시오."

그러잖아도 계속 도움만 받아서 미안했었다. 태무경은 적극적으로 움직일 의지를 보였다.

무력했던 지난날을 잊고, 새로운 곳에서 새롭게 시작하기로 마음먹었다.

철경이 의도하진 않았지만, 그의 영향을 받은 탓이다.

태천화도 기뻐하며 아버지를 따라갔다.

이어서 철경은 태조인 사숙을 찾았다. 예전만큼은 아니지만, 어느 정도 기량을 회복한 모습이었다.

'제자를 양성하고, 문파를 키우는 건 문제 없겠지.'

꼭 문파를 운영하지 않더라도 괜찮았다. 돈이 제법 있으니, 땅을 사서 편안해 보내도 된다.

그건 태조인이 알아서 할 일이었다.

태조인은 철경의 모습을 보더니, 물었다.

"이제 가려는가?"

철경은 고개를 끄덕였다. 태조인은 진심을 담아 말했다.

"정말 고맙네."

"사부님의 유언을 지켰을 뿐입니다."

"그래도 고마운 건 고마운 거야. 혹시 시간이 난다면, 꼭 한 번 들러주게. 언제나 환영이니까."

마침 마가르 사숙도 옆에 있었다.

"흥. 고얀 놈. 잘 가라."

눈치를 보니 이곳에 눌러앉을 것 같았다.

이로써 사부님의 첫 번째 유언을 완성했다.

철경은 다음으로 자타르 의원을 찾아갔다.

그리고 약속한 돈을 주었다. 이미 그가 고향까지 무사히 갈 수 있게 마차도 준비한 상태였다.

그런데 의외로 자타르 의원이 거절했다.

"내가 한 일은 마무리를 지어야지. 태조인 문주의 몸이 완쾌되면 돌아갈 생각이다."

"집에 가고 싶지 않으시오?"

"허허. 이 나이 되도록 집에 있었잖아. 천천히 돌아가도 돼."

이번에는 곽우영이 철경을 찾아왔다.

"혈랑대에서 보낸 낭인들이 도착했습니다. 절정고수 한 명, 일류고수 다섯, 이류 열 명입니다. 요구하신 대로 준비했고, 원하시는 만큼 머물 수 있습니다."

"그럼 일 년으로 계약합니다. 선불로 지급하겠소."

그리고 그녀에게 물었다.

"이제 그쪽은 빠지는 거요?"

"네. 할 일이 있어서요."

"그동안 수고 많았소."

철경은 그녀에게 약속한 보수의 두 배를 지불했다. 곽우영은 잠시 머뭇거렸지만, 그 돈을 받았다.

"감사합니다. 다음에 기회가 된다면, 또 뵙도록 하죠. 건양하십시오."

곽우영과 그녀의 조원들은 곧바로 이곳을 떠났다.

정말 약속이 있는지, 빠르게 움직였다.

잠시 후, 무영문의 무사, 경아인이 철경을 찾아왔다.

"인질들은 무사히 돌려보냈습니다. 걱정 마십시오."

"수고했다."

철경은 그에게 천 냥이라는 큰돈을 주었다. 경아인은 놀라서 손사래를 쳤다.

"아닙니다. 괜찮습니다."

"받아. 여기까지 오는 데 도와주고, 산적들을 같이 처리해 준 대가니까. 그리고 앞으로도 태전문을 잘 도와달라는 의미다."

"하지만 저는 무영문 소속이라서."

"그쪽은 내가 말해두지."

경아인은 계속 거절하다가 끝내는 받았다.

"그럼 이 돈은 저희 여기까지 온 무영문 무사들끼리 나누겠습니다. 감사합니다."

철경은 거기까지는 관여하고 싶지 않았다.

경아인은 돌아가려다 다시 찾아왔다.

“아, 깜박했는데, 신강의 지부장님께서 직접 오셨다고 합니다. 그리고 철경 님을 만나 보고 싶어 하십니다.”

무영문의 배민환이 온 것 같았다.

철경 역시 그에게 할 말이 있었다.

“어디에 있소?”

“마을의 입구에 있는 관제묘에서 기다리고 계십니다.”

“일각 후에 가겠소.”

그전에 마지막으로 할 일이 있었다.

철경은 허종을 찾아갔다.

그는 마침 자신의 방에서 혼자 술을 마시고 있었다. 그러다가 철경을 보고 깜짝 놀라 벌떡 일어났다.

“오셨습니까? 형님.”

철경은 그의 성격대로 단도직입적으로 물었다.

“왜 사흑파의 명패를 가지고 있지?”

“허억.”

쿨럭쿨럭.

허종은 너무 놀라서 술이 목에 걸렸다.

변명거리를 생각해 둔 것도 있었지만, 이 순간만큼은 멍해졌다.

아무것도 떠오르지 않았다.

“그게 저어…… 그러니까 우연히 주워서…….”

“미리 말하지만, 거짓말이면 죽인다.”

철경은 무뚝뚝하게 한마디 던졌다.

그러자 허종은 며칠 전, 죽은 산적들이 떠올랐다. 또 철경의 무지막지한 덩치에 기가 눌렸다.

'에이씨. 모르겠다. 가까이 있는 주먹부터 피해야지.'

그는 바짝 엎드렸다.

"죄송합니다. 형님. 백면객 놈이 찾아와서 협박을 했습니다. 어쩔 수 없었습니다."

허종은 태전문에서 도망치려다가 백면객을 만난 이야기를 했다.

그가 첩자 노릇을 강요했다는 얘기까지 모두 말했다.

"그놈이 준 명패를 당장 부숴 버리겠습니다. 그리고 저는 오직 태전문과 형님께 충성하겠습니다. 앞으로는 사흑파 쪽으로 오줌도 안 누겠습니다. 형님."

철경은 가만히 듣고 있다가, 고개를 저었다.

"부술 필요 없다. 그리고 만약 백면객이 찾아온다면, 원하는 대로 정보를 줘도 된다. 속일 필요 없다."

"네에? 정말입니까?"

"대신 그쪽의 정보도 가져와야 한다."

허종은 철경의 말뜻을 그세 알아 들었다.

"그렇죠. 물론입니다. 사흑파의 정보를 빼내서 보고 드리겠습니다. 당연하지요."

"내가 없을 때는 태조인 사숙에게 말을 하면 된다."

"알겠습니다."

그리고 손을 내밀었다.

"사흑파 명패를 잠깐 볼까?"

"네. 형님."

허종은 '흑'이라 적혀 있는 명패를 꺼내어 두 손으로 내밀었다.

철경은 그것을 살피더니, 자신의 품속으로 넣었다.

"잠시 빌리겠다."

"네에? 아. 넵."

허종은 주기 싫었지만, 선택권이 없었다.

그저 살려주는 것에 감사할 뿐이다.

철경은 그에게 한마디 했다.

"나는 잠시 이곳을 떠난다. 언제 돌아올지 모르지만, 물심양면으로 태전문을 도와야 한다."

"넵. 저만 믿으십시오. 형님."

물론 철경은 이곳에 돌아올 생각은 없었다.

하지만 이렇게 말하는 것이 태전문과 허종을 위해 나을 것 같았다.

사흑파는 허종을 시켜 태전문을 감시만 지시했다. 철경이 사조운을 죽인 것을 모른다는 의미였다.

그리고 철경이 사라진다면, 태전문은 오히려 안전할 수 있었다.

사흑파 입장에서 태전문은 전혀 위협거리가 되지 않으니까.

이제 철경은 자신의 짐을 챙겼다.

커다란 궤짝 안에 무영문에서 받은 정보와 금과 전표 등를 넣었다.

그리고 그걸 짊어지고 관제묘를 찾아갔다.

이십여 장 밖에 낡은 관제묘가 있었다.

그리고 배민환이 기다리고 있었다. 무영문 청해 지부의 매군도 함께 있었다.

둘은 친한 사이라고 한다.

신강과 청해는 가까운 만큼 왕래가 많았고, 특히 매군은 배민환에게 은혜를 입은 사이라고 했다.

매군이 공손히 인사했다.

"흠흠. 배민환 장로님을 도와줬다는 걸 들었소. 철경 대협의 도움에 크게 감사드리며, 청해에 있는 한, 걱정 마십시오. 내 힘이 닿는 곳까지 도와드리겠습니다."

도와준다는데 거절할 이유가 없었다.

"지금 태전문을 도와주고 있는 무영문 무사들 중, 경아인이라는 친구가 있소. 그 친구를 계속 태전문에 상주시켜도 되겠소?"

"가능하지요. 금방 처리해드리겠습니다."

이어서 배민환도 감사를 표했다.

"그때는 정황이 없어 인사를 못 했었지. 고맙네."

"배중도와 거래를 했을 뿐이오."

철경은 빈말을 하지 않았다.

"나도 알아. 중도에게 얘기를 들었지. 그래도 내 입장에서는 고마운 건 고마운 거야."

"고이특문의 문주는 잡았소?"

"놓쳤네. 지하실의 그 여자에게 붙들리는 사이, 장로들과 산으로 빠져나갔더군. 하지만 추적하고 있으니, 조만간 잡힐 거야."

배민환은 잡을 수 있다는 확신이 있었다.

이번에는 철경이 물었다.

"혹시 지하실의 그 여자, 누군지 아시오?"

진서를 위한 질문이었다.

갑자기 지하실의 여자는 왜?

배민환은 고개를 갸웃거렸다. 그러면서도 대답은 해주었다.

"모른다네. 궁금하긴 하지만, 다른 할 일이 더 많으니까."

"혹시 그 여자에 대해 알아봐 줄 수 있소? 이름은 무엇인지, 왜 거기에 있는지. 고이특문과는 무슨 관계인지."

"왜지? 죽인 것 아니었나?"

"그럴 만한 사정이 있소."

배민환은 더 묻고 싶었지만, 철경은 굳게 입을 다물었다.

이미 도움을 받은 처지였고, 자신의 아들이 약속한 것도 있었다.

"알겠네. 최대한 알아봐 주지."

"고맙소."

철경이 다시 물었다.

"그리고 한 가지 궁금한 것이 있는데, 알고 있으면 가르쳐 주시오. 모르면 대답하지 않아도 되오."

"말해보게."

"여기까지 오는 길에 녹림과 부딪쳤소."

"얘기 들었네."

"얼핏 듣기론, 기존의 산채를 버리고 근처로 옮겼다고 하던데, 그 이유를 알고 있소?"

그 물음에 지금껏 조용히 있던 매군이 끼어들었다.

"그 질문에 답은 내가 해줄 수 있을 것 같은데……. 노야. 괜찮으시겠습니까?"

그는 먼저 배민환에게 양해를 구했다. 배민환은 고개를

끄덕이자, 매군은 품속에서 얇은 서책을 꺼냈다.

"사실 이건 철경 대협이 부탁한 자료인데. 이것과도 연관이 있습니다."

매군을 처음 만났을 때, 철경이 의뢰한 것이 있었다.

당시 사흑파가 흑곰을 통해 태전문을 집어삼키려고 했고, 그 이유를 알아봐 달라는 내용이었다.

매군이 설명했다.

"태전문이 있던 격이목은, 곤륜파의 영역입니다. 그래서 사파인 사흑파는 마음대로 들어갈 수 없죠."

"흑곰파는 사파 아니오?"

"흑곰파는 표면상으로 무관이 아닙니다. 협회라는 이름을 달고 있지요. 또 규모가 작아서 곤륜파에서는 신경 쓰지 않는 눈치였습니다."

매군은 계속 말을 이었다.

"흠흠. 그런데 최근에 소문이 돌고 있습니다. 어마어마한 보물이 청해의 어딘가에 잠들어 있다고요."

배민환은 이미 알고 있는지, 가만히 있었다. 그리고 철경 역시 아무런 반응이 없었다.

매군은 의아해하며 다시 말했다.

"혹시 어느 수준의 보물인지 궁금하지 않습니까? 정말 천문학적인 보물이……."

"그것보다 사흑파가 태전문을 노리는 이유를 빨리 말해

주시오. 그래서 그 보물이 격이목에 있다는 거요?"

"아니요, 그건 아닌데."

매군은 당황했고, 철경은 눈살을 찌푸렸다. 평소 그의 성향을 아는 배민환이 끼어들었다.

"내가 대신 말해주지. 보물이 있다는 소문은 몇 해 전부터 돌고 있었네. 하지만 아무도 위치를 모르고 있었지. 그런데 최근 몇몇 문파들이 은밀한 정보를 얻은 듯해. 보물에 파사찰에 묻혀 있다는 소문이지."

"파사찰?"

"격이목 바로 옆에 있다네. 말을 타고 하루거리야."

"으음."

이제 이해가 되었다.

사흑파가 격이목에 집착했는지.

그들도 그 정보를 얻었고, 파사찰을 조사하고 싶었던 모양이다. 하지만 곤륜파 눈치 때문에 편법을 사용한 것이다.

"그래서 격이목을 장악하여 교두보를 마련하려는 목적이었군."

"그렇지."

철경이 물었다.

"그럼 녹림이 산채를 옮긴 것도 비슷한 이유요?"

"그렇다고 봐야지."

녹림에서도 파사찰의 정보를 얻었고, 진운채를 지별산

으로 옮겨 일종의 교두보를 만든 것이다.

"참고로 그들만이 아니라네. 몇몇 대문파들도 비슷한 움직임을 보여주고 있어."

"무영문도?"

"그렇지. 우리 무영문도 준비하고 있지."

철경은 머릿속을 정리했다.

사흑파는 태전문의 땅이 아니라, 격이목을 노렸다. 그러니 그 지역을 벗어난 이상 태전문은 안전했다.

녹림 역시 태전문을 알고 노린 것이 아니었다.

'진운채의 산적들이 전멸했으니, 녹림도 가만 있진 않겠지만.'

증거를 찾을 수 없을 것이다.

따라서 철경은 마음 놓고 태전문을 떠날 수 있었다.

배민환은 철경에게 물었다.

"자네가 물욕이 없다는 건 알고 있었네. 하지만 궁금하지 않나? 어떤 보물인지?"

"관심 없소."

그저 파사찰에 보물이 있고, 조만간 무림인들이 난리 치겠구나.

딱 그 정도만 머릿속에 담았다.

매군은 그런 철경을 건드리고 싶어졌다. 그래서 한마디 했다.

“흐음. 그 보물이 누구의 것인지 알면, 가만있지 못할 겁니다.”

“…….”

“놀라지 마십시오. 무려 여불위의 무덤이 그곳에 있답니다.”

하지만 그래도 철경의 표정에는 변화가 없었다. 그러자 매군이 의아한 듯 물었다.

“혹시 여불위가 누군지 모릅니까?”

철경이 아무 말도 하지 않자, 배민환이 매군을 말렸다.

“그만두게. 보물이 관심 없는 사람도 있는 법이니.”

“그래도 무려 여불위의 무덤인데…….”

여불위.

그는 상인이었다.

시대의 흐름을 꿰뚫는 눈을 가졌고, 추후 진(秦)나라의 승상(丞相) 자리까지 오른 인물이었다.

당시 권세가 대단하여, 집안의 노비가 만 명을 넘었고, 식객만 삼천 명이었다고 전해졌다. 금으로 산을 쌓았고, 몇 개의 나라를 살 수 있는 돈을 지녔었다.

하지만 영원한 것은 없다고, 말년에 반란에 연루되어 지위에서 파면당하고 자결했다고 알려졌다.

하지만 일각에서는 여불위가 황제의 시기를 느끼고, 일부러 죽음을 가장했다는 설도 있었다.

그 증거로 아직 여불위의 무덤이 발견되지 않았다. 그리고 그렇게 만든 재물이 귀신같이 사라졌다고 한다.

매군은 계속 설명했다.

"여불위가 죽기 전에 자신의 무덤을 만들었다는 얘기는 너무 유명한데. 무려 삼만 명이나 동원되고, 십 년이나 걸렸다고 합니다. 또 비밀 유지를 위해 그 삼만 명 모두를 죽였다는 설이……."

"……."

"그리고 무덤 속에는 자신이 모은 재물을 가득 채웠는데, 무려 나라를 열 개나 건설할 정도로 어마어마한 재물이 있다고 합니다."

"……."

"아니, 이런 이야기를 듣고도 가슴이 뜨거워지지 않습니까? 이렇게 늙은 나도 피가 끓는 것을……."

하지만 철경의 반응은 너무나 담담했다.

오히려 파사찰에서 멀리 떨어져야겠다고 생각하고 있었다. 귀찮은 일은 피해야 하니까.

"가 보겠소."

배민환이 고개를 끄덕였다.

"그래. 다음에 또 봄세. 아, 그리고 방금 알려준 정보는 아직 수면 밑에 있는 정보라네. 비밀을 지켜줘야 해."

철경은 고개를 끄덕인 후, 먼저 떠났다.

얼마나 달렸을까?

일각쯤 지났을 때, 등 뒤에서 여자 목소리가 들렸다.

"저들이 내 이름을 알아낼까?"

진서였다.

그녀는 소리 없이 철경의 뒤에서 나타났다.

마치 날아다니는 것 같았고, 그 가벼움에 혀를 내두를 지경이었다.

겉모습은 많이 달라졌다. 여전히 작은 강보를 안고 있지만, 깨끗했다. 그리고 그녀 또한 깨끗한 옷을 입고 있었다.

철경이 새로 준비해 주었었다.

그녀는 지금까지 철경을 따라다녔기에 관제묘 안의 내용도 들었다.

철경이 대답했다.

"저들이라면 찾을 가능성이 높다."

"만약 실패하면?"

"그땐, 다른 방법을 모색해야지."

"알았어."

"난 이곳을 떠날 생각이다. 너는?"

"당연히 따라가야지."

그럴 거라 짐작했다.

철경은 이대로 떠날 생각이었다. 그래서 짐을 미리 챙겼고, 특별히 인사 따위는 하지 않을 것이다.

'대충 눈치를 챘을 테니, 괜찮겠지.'

그런데 이쪽으로 달려오는 사람이 있었다.

'아, 그렇지. 저 아이도 있었지.'

그는 태천부였다.

태천부는 철경이 있는지도 몰랐다. 무작정 달리고 있었다.

눈물을 뚝뚝 흘리면서 연신 두리번거리는 모습이 무언가를 찾고 있었다.

"과, 과, 관제묘가 어디에……."

무척이나 간절해보였다.

철경은 태천부 앞에 모습을 보였다.

"어디를 가느냐?"

"아아."

태천부는 놀라서 방향을 틀었고, 그 바람에 넘어지고 말았다.

콰당.

하지만 벌떡 일어났다.

눈물, 콧물을 스슥 닦아내더니, 철경에게 다가왔다. 그리고 비교적 분명한 목소리로 말했다.

"떠, 떠나신 줄 알고…… 걱정이 돼서."

철경은 태천부의 몸을 훑어보았다.

예전보다 근육이 붙었다.

그리고 매일매일 육합권을 수련한 것을 알고 있었다.

직접 본 것도 있고, 태천부가 변했다고 소문도 들었다.

납치당한 날을 제외하고는 정말 하루도 빠지지 않고 육합권을 수련했었다.

정말로 매일 천 번씩.

철경은 솔직하게 말했다.

"나는 떠난다. 그리고 안 돌아올 수도 있다."

그러자 태천부는 망설이더니, 용기를 내어 말했다.

"저, 저는 약속을 지켰습니다. 하, 하루에 천 번씩, 육합권을 수련했습니다."

"그래서?"

"그, 그다음엔 어떡하면 되는지, 아, 알려주십시오."

철경은 순순히 고개를 끄덕였다.

"잘 봐라."

그는 자세를 잡았다. 그리고 천천히 움직였다.

태천부는 침을 꿀꺽 삼키면서 눈을 크게 떴다. 하나라도 놓치지 않기 위해 열심히 봤다.

그런데 뭔가 이상했다.

'느리다.'

느려도 너무 느렸다.

사실상 거의 움직이지 않았고, 주먹을 한 번 뻗는 데 반각 이상이 걸렸다.

또 철경이 펼치는 무공은 태천부도 잘 아는 무공이었다.

하루에 천 번 이상 수련했던 그 육합권이었다.

삼류무사도 알고 있는 간단한 무공을 왜 저렇게 천천히, 그리고 힘들게…….

'힘들어?'

그랬다.

철경은 정말 어렵게, 최선을 다해 육합권을 펼치고 있었다. 너무나도 진지했고, 굉장히 집중하고 있었다.

태천부는 깨달았다.

만약 자신이라면 저렇게 할 수 있을까? 저 정도로 느리게?

태천부는 고개를 흔들었다.

매일 수련했기에 잘 알고 있었다.

저렇게 무공을 펼친다는 건 정말 어려운 일이었다.

차라리 빨리 움직인다면, 눈감고도 할 수 있었다.

하지만 저렇게는……. 거의 불가능했다.

그때부터 집중했다.

어떻게 저런 움직임을 보일 수 있는지, 하나도 놓치지 않으려고 열심히 살폈다.

그리고 스스로 머리를 굴렸다.

'자세구나. 자세가 중요해.'

주먹을 뻗을 때 앞뒤로 치우치지 않았다.

정확한 자세로 균형을 유지하는 것.

그럼 초식을 펼치는 와중에도 다른 초식으로 금방 바꿀

수 있었다.

공수가 자유롭다는 의미였다.

마침내 철경의 시범이 끝났다.

철경도 태천부의 눈을 보면서 그가 깨달았다는 걸 알았다.

"하루에 백 번씩. 천천히, 완벽하게 해내라."

"아, 아, 알겠습니다."

철경은 방법을 알려주었고, 태천부는 그것을 받아들였다.

철경은 마음 놓고, 태전문을 떠났다.

다시 돌아올 생각은 하지 않았다. 이제부터 그의 머릿속에는 한 가지만 들어 있었다.

'추감혁.'

어깨에 매인 궤짝의 무게를 느끼면서 추감혁을 떠올렸다.

추신검문의 문주.

우리 가족을 배신한 자.

그를 죽이는 건, 정말 쉬웠다.

독을 사용하거나, 암습하면 사흘 내로 죽일 수 있었다.

하지만 그는 우리 가족을 배신했고, 배신자에 어울리는 죽음을 선사하고 싶었다.

'우리를 배신하고 얻은 모든 것들을 뺏어주마. 그리고

피눈물 흘리면서 후회하게 만들어주겠어.'

그렇게 마음먹었다.

사흑파의 문주 사하기는 하늘을 바라보았다. 그리고 침통한 얼굴로 입을 열었다.

"아들이 죽은 지 이십일이 흘렀다. 그런데 아직도 범인을 못 찾았다고?"

뒤에 엎드린 백면객은 고개를 들지 못했다.

그저 공손히 대답했다.

"죄송합니다."

"허허허. 청해제일문파란 이름을 떼버려야겠어. 자식이 죽었는데, 복수도 못 하고 있으니."

사하기는 크게 웃었다.

백면객은 바싹 긴장했다. 사하기는 화가 날수록 환하게 웃는 사람이기 때문이다.

그 증거로 발밑이 쩍쩍 갈라진다.

검은 불꽃이 흩날리면서, 칼날 같은 기운이 폭풍처럼 휘몰아쳤다. 백면객은 내공을 일으켜 자신을 보호했지만, 언제 죽을지 모르는 상황이었다. 그가 말했다.

"방법이 있습니다."

사하기의 기운이 한결 누그러들었다.

“말하거라.”

“소문주님을 해한 범인은 화령진검을 사용한 것으로 파악되었습니다. 그래서 사흑파 내, 화령진검을 사용할 수 있는 사람은 공식적으로 다섯, 문주님과 소문주님을 제외하고, 총 세 명이 있습니다.”

사하기의 형과 그의 자제들이었다.

지난 스무날 동안 그들의 행적을 샅샅이 조사했었다. 그런데 어떤 흔적도 찾을 수 없었다.

전부 다른 지역에 있는 것으로 확인되었다.

단 한 가지만 제외하고는.

“하지만 비공식적으로 화령진검을 익힌 사람들이 있었습니다.”

사하기는 고개를 돌렸다.

2장

사하기는 내공을 실어 소리쳤다.

"혈족만 사용할 수 있는 검법이다. 누군가 문규를 어겼단 말이냐?"

그의 목소리는 천둥처럼 컸다.

백면객은 급히 대답했다.

"엄밀히 말하자면, 문규는 어기지 않았습니다. 사조인 단주가 화령진검을 변형하여 섬전마영검법이라는 새로운 검법을 만들었기 때문입니다."

"으음."

사하기도 기억이 났다.

몇 년 전, 사조인이 찾아와서 부탁한 적이 있었다.

깨달음이 있어 화령진검을 변화시킨 검법을 만들고 싶다고 했다.

그래서 허락했었다. 그러니 문규를 어기지 않은 셈이다.

백면객이 말을 이었다.

"섬전마영검법을 본인이 이끄는 마영대에 가르쳤습니다."

"마영대 인원들이 관련 있다는 뜻이냐?"

"네. 그들을 중점적으로 조사하려고 합니다."

사하기는 잠깐 생각하더니, 진중하게 말했다.

"엄중하게, 샅샅이 조사하라."

"네엡."

"그리고 한 가지."

"하명하십시오."

"살해 현장에 섬전마영검법의 흔적이 남아있다는 것도 수상하다. 만에 하나 흔적이 없다고 생각하고, 그쪽 방향으로 조사해 보거라."

"알겠습니다. 그렇게 하겠습니다."

순간 백면객의 머릿속에 떠오르는 곳은 그 남자였다.

당시 상황을 생각하면, 그부터 조사해야 할 것 같았다.

그런데 사하기는 말을 하다 보니, 성에 차지 않았다.

생각해 보니, 너무 소극적이었다.

아들의 복수를 위해서라면, 체면을 잊어야한다. 이제부터라도 직접 나서는 게 맞는 것 같았다.

"아니다. 내가 직접 하는 것이 낫겠어. 격이목이라 했던가?"

"하지만 곤륜파가……."

"더 이상 그놈들 눈치는 보지 않겠다. 직접 갈 테니 준비를 하거라."

그때였다.

저 멀리서 흑면객이 달려왔다. 그리고 사하기 앞에 엎드렸다.

"문주님께 급히 보고드릴 것이 있습니다."

사하기가 쳐다보자, 말을 이었다.

"여불위의 무덤으로 짐작되는 곳을 찾았습니다. 파사찰의 토팔산입니다."

"쯧. 이런 상황에 보물이라니."

하지만 마냥 무시할 수는 없었다.

이런 소문은 금방 퍼진다.

이제 곧 곤륜파를 비롯하여, 다른 문파에서도 소식을 접할 테고, 움직일 것이다.

'청해야말로 사흑파의 안방인데, 잡놈들에게 뺏길 수는 없지.'

한참을 고민하다가 사하기는 백면객에게 말했다.

"격이목과 파사찰이 가깝다고 했던가?"

"네. 맞습니다."

"그럼 일단 파사찰 쪽으로 가겠다. 그동안 너는 마영대를 조사하고, 당시 상황에 대해서도 처음부터 다시 파악하거라."

"존명."

사하기는 고개를 돌려, 다시 하늘을 바라봤다.

그는 자신을 다독였다.

아들의 복수도 중요했다. 하지만 자신은 아버지이기 이전에 한 문파를 이끄는 수장이다.

문파의 일이 더 중요하다. 아들을 사랑하지 않는 것이 아니었다.

호남성 천자산(天子山).

이곳에는 녹림의 총채주가 거주하는 천악채가 있었다.

총채주 악종국은 놀라운 보고를 받았다.

"진운채가 전멸했다고?"

"네."

보고하는 이는 녹림의 꾀주머니라 불리는 독심수사(毒心秀士) 의주성이었다.

"단 한 명도 살아남은 이가 없답니다."

우지직.

악종국은 앉아 있는 태사의의 손잡이를 부서뜨렸다.

그리고 불같이 화를 냈다.

"대체 어떤 놈이야? 감히 우리 녹림도를 건드려?"

"조백호를 보냈습니다. 조사하고 있는데, 쉽지 않을 거란 전서구가 왔네요."

"왜?"

"지금까지 보고받은 걸 정리해 드릴까요?"

"해봐."

악종국은 복잡한 걸 싫어했다. 의주성은 최대한 간단히 말했다.

"먼저 범인은 소규모로 짐작된답니다. 최소 세 명에서 많아도 다섯 아래로 추정하고, 전부 고수라고 하네요. 아, 그리고 특히 한 명은 아주 뛰어난 살수랍니다."

"살수?"

"네. 진운채의 채주와 부채주 등은 그 살수에게 목숨을 잃었고, 나머지 녀석들은 주먹이나 몽둥이 등으로 맞은 흔적이 있답니다."

"목격자는? 한 명도 없어?"

"네. 전무합니다."

"그래서 이제 어떡하면 되냐?"

악종국은 의주성에게 해결책을 물었고, 의주성은 곧바로 대답했다.

"제가 알기론 진운채에 포로와 여자들이 있었습니다. 죽은 흔적이 없으니, 전부 풀려났을 겁니다. 그놈들부터 찾아야죠."

"찾아서?"

"찾아서 어떤 놈이 구해줬는지, 물어봐야죠."

"알았어. 그렇게 해."

"이미 그렇게 지시해 뒀습니다."

"잘했다."

악종국은 이를 악물며 중얼거렸다.

"찾기만 해. 복수는 내가 할 테니까. 배때기를 찢어서 내장을 다 끄집어내서 하나씩 토막 낼 거다."

이어서 악종국은 탁자 위의 술병을 들었다. 숨도 안 쉬고 벌컥벌컥 마셨고, 한 손을 흔들었다.

할 말이 끝났으니, 나가라는 뜻이다.

보통 이쯤 되면 의주성은 물러난다. 그런데 이번에는 가만히 있었다.

할 말이 남았다는 뜻이다.

악종국은 짜증을 내며 물었다.

"아, 또 뭔데?"

"진운채가 왜 그곳으로 갔는지 잊으셨습니까?"

"진운채가 왜 갔지?"

"여불위의 무덤 때문이지요."

"아아아. 맞다. 보물을 찾으라고 보냈었지."

"그런데 진운채가 사라졌잖습니까? 거기에 대한 대책도

세워야죠."

"끄응."

악종국은 머릴 긁적이다가, 의주성에게 물었다.

"네 생각은 어떤데?"

"평상시라면 다른 산채를 이주시킬 겁니다. 하지만 지금은 누가 우릴 노리는 것 같으니까요. 조심해야죠."

"그래서?"

"별동대를 보낼 생각입니다."

의주성은 일사천리로 대답했다. 악종국은 고개를 갸웃거리며 물었다.

"우리 녹림에 별동대가 있었나?"

"없습니다. 그러니까 만들어야죠. 소규모로, 싸움 잘하는 애들만 추려서요."

"알았어. 알아서 해."

"넵."

의주성은 며칠 뒤, 각 산채에서 뛰어난 자를 추려서 열 명을 맞추었다. 그리고 그들을 청해로 보냈다.

철경은 지금 감덕(甘德)에 있었다.

감덕은 청해성 북동쪽 끝에 있었다. 감숙성과의 경계에

있어, 많은 이들이 지나다녔다.

그런 지리적인 요건 때문에 상업이 발달했다.

철경은 외곽에 있는 낡은 집을 빌렸다. 그리고 한 달째 이곳에 머물러 있었다.

와삭.

그는 사과를 크게 베어 먹었다. 제법 컸지만, 세 입이면 없어졌다.

다른 사과를 들면서 한곳을 응시했다.

자신이 만들어놓은 '계획도'였다.

벽의 한쪽에는 그동안 얻은 자료를 적어놓고, 다른 한쪽에는 복수를 하기 위한 계획들을 정렬했다.

[이름 - 추감혁

추신검문의 문주

나이는 오십일 세.

가족 관계 - 부인 사망, 첩 두 명, 아들 두 명

첫째 아들 추문수 - 추신검문의 후계자. 소문주

둘째 아들 추문진 - 곤륜파의 직전 제자

중략…….

추신검문 - 부문주의 무공이 더 세며, 실질적인 문주역할을 하고 있다. 인원은 이백 명, 절정고수 다섯…….

* 추감혁의 재산은 청해 제일로 추정.

재산 중 부동산이 가장 많으며 약 오백만 평을 소유. 대부분 청해 일대에 있다.

중략…….

현재 상단을 세 개 보유.

특히 쌀을 취급하는 추미상단이 가장 크며 청해 지역의 쌀 중 칠 할을 융통.

추종상단은 고리대금업, 창고업 등을 운영한다.

*세 개의 비밀창고를 가지고 있다고 추정.

일 년 전부터는 추강상단이란 이름으로 비단 사업에 뛰어들었다. 막대한 자금으로 비단 사업을 삼키고 있는 중.

*오 년 전까지는 아편도 거래했었음. 흑점에서 아편을 가져와서 청해에서 유통함으로 재산을 크게 불렸음.

중략…….

역사 - 이십 년 전, 추감혁이 추신검문을 물려받을 때는, 소문파에 지나지 않았다. 하지만 아편 사업으로 크게 돈을 벌었고, 점점 규모를 키웠다.

그 후로 다양한 경로로 돈을 벌었고, 십오 년 만에 청해 제일 부호로 올라섰다.

그 과정에서 상당히 더러운 방법을 사용,

* 주로 사기를 쳐서 상대의 재산을 뺏는 방식을 선호.

그에게 원한을 맺은 사람이 많음.

목숨 위협을 자주 받음.

때문에 추감혁은 추신검문에 있지 않고, 거주지를 자주 옮긴다. 별장만 서른 개가 넘고, 파악하기 쉽지 않음.]

철경은 자료를 보면서 추감혁의 얼굴을 떠올렸다.

눈이 뱁새처럼 찢어지고 입술이 얇았다. 귀가 뾰족한 것이 특징이었다.

그리고 언변이 좋았다.

우리 가족을 처음 만났을 때는 환히 웃으면서 반겼고, 전혀 걱정하지 말라며 안심시켰다.

그런데 음식에 약을 넣고, 우리 가족을 죽일 때는 차갑게 말했었다.

"흐흐흐. 나도 먹고 살아야지. 원망은 말거라."

욕심 가득한 그 눈빛은 아직도 잊혀지지 않는다.

철경은 창문을 열고 하늘을 바라봤다. 마침 오늘은 달이 뜨지 않은 그믐이었다.

그는 하늘을 보면서 중얼거렸다.

"오늘부터 시작하면 되겠군."

"드디어 시작하는 거야?"

진서였다.

그녀는 창문 밖에서 불쑥 나타나서 말을 걸었다.

"그래. 이제부터 바빠질 거다."

"오호. 그럼 다 죽이는 거야?"

"아니."

진서는 살짝 실망했다.

솔직히 마음 같아서는 다 죽이고 싶다. 하지만 추감혁, 그자에게 절망감을 안겨줄 작정이다.

진서는 지루하다는 듯 물었다.

"그럼 언제 죽일 건데? 벌써 한 달이나 지났잖아."

"오래 안 걸린다. 오 일이면 충분해."

변수가 생기지 않는 한, 추감혁에게 상실감을 안겨주는데 오 일이면 충분했다.

'그리고 추감혁의 명을 따라서, 우리 가족을 쫓아온 사냥개들. 혈노비도 잡아야지.'

철경은 검은 옷을 입고, 얼굴을 가렸다 그리고. 미리 준비해 둔 흰색 가면도 썼다.

첫 번째 목적지는 천복당이다.

추감혁은 비밀창고를 세 개나 가지고 있었다.

모두 그의 재물을 숨긴 장소로 각각 백복당, 천복당, 만복당이라 불렀다.

무영문의 도움으로 백복당과 천복당은 어디 있는지 알아냈다.

하지만 아쉽게도 제일 크고 귀중한 것이 들어 있다는 만복당은 비밀에 싸여 있었다.

'계획대로 된다면, 그것도 알게 되겠지.'

지금은 천복당부터 털기 위해, 그곳으로 향했다.

히히잉.

푸르르.

이곳은 마방이다.

백여 마리의 말이 마구간에서 자고 있었다.

하지만 겉과는 다르게 이곳에 천복당이 있었다.

[벌써 세 번이나 왔지만, 여긴 정말 냄새가 안 좋아. 아가야, 너도 힘들지?]

진서가 투덜거렸다.

날이 갈수록 말이 많아지는 것 같았다.

철경은 대꾸 없이 마구간으로 들어갔다.

그리고 계획대로 움직였다.

먼저 바닥에 깔려 있는 볏집을 한 움큼 집었다.

삼매진화(三昧眞火)를 일으키자 말들이 깨어났다.

화르르.

히이이잉.

히잉.

말들은 너무 놀랐고, 뒷발로 벽을 쳤다.

쿵. 쿵.

우직.

철경은 살짝 도와주었고, 백여마리의 말들이 일제히 마

구간을 뛰쳐나갔다.

두두두.

히이이잉.

히이잉.

땡땡땡.

비상종이 울리면서 사람들이 밖으로 뛰쳐나왔다.

"말이 탈출했다. 마구간을 나왔어!"

"야. 잡아!"

"하나라도 놓치면, 마방주가 가만 있지 않을 거야. 무조건 잡아야 해!"

"어휴. 그런데 말들이 왜 이렇게 지랄발광이야?"

그들은 말을 쫓느라 정신없었다.

그사이 철경과 진서는 안으로 들어갔다.

마방 중심에 있는 건물이 아니라, 마구간 뒤에 있는 허름한 창고였다.

안으로 들어가니, 은밀한 기운이 느껴졌다.

십여 명의 무인들이 은신해 있었다.

철경은 진서에게 전음을 보냈다.

[저들을 처리해.]

[죽일까?]

[그래. 조용히. 아무 흔적도 없이.]

대답은 없지만, 진서가 미소 짓는 것이 보였다. 그녀는 한 걸음 물러서면서, 어둠 속에 스며들었다.
오래 걸리지 않았다.
숨을 몇 번 쉬는 동안 그녀의 목소리가 들렸다.
[끝났어.]
숨어 있던 열두 명이 죽은 것이다.
'몇 번을 봐도 놀랍군.'
철경은 감탄하면서, 제일 안쪽에 있는 낡은 문을 열었다.
밑으로 내려가는 길이 보였다.
그리고 아래 쪽에도 수십 명이 숨어 있었다.
[저놈들도 해치울까?]
[마음대로 해.]
[후후후.]
진서는 먼저 내려갔고, 철경은 천천히 걸었다.
아무런 소리도 들리지 않았다.
숨어 있는 무인들은 대부분 일류고수였고, 그중에는 절정고수도 한 명 끼어 있었다.
하지만 아무도 진서의 검을 막지 못했다.
아마도 그녀가 다가온 줄도 몰랐을 것이다.

덕분에 철경은 아무런 방해 없이 안으로 들어갈 수 있었다.

어디에 금이 있는지 찾을 필요도 없었다. 유난히 두꺼운 철문이 보였다.

그 앞에 서서 주먹에 힘을 주었다.

쿠웅.

쿵. 쿵.

콰직.

사람 팔뚝보다 두꺼운 철문이 세 번 만에 부서졌다.

끼이익.

문이 열리면서 노란 빛이 보였다.

큰 선반이 양쪽에 있었고, 금으로 만든 장식품이 진열되어 있었다. 금비녀, 금가락지, 금반지, 팔찌뿐 아니라, 금으로 만든 검이나 도, 활 같은 무기도 있었다.

그리고 정면에는 금원보 수백 개가 탑처럼 쌓여 있었다.

[우와. 제법 많은데? 어떡할 거야?]

[가져가야지.]

[그래. 가져가는 게 계획이잖아. 나도 알아. 하지만 너무 많잖아. 적어도 세 번은 날라야……]

진서는 말을 하다가 입을 다물었다.

철경은 품속에서 커다란 보자기를 꺼냈고, 그 안에 금과 금으로 만든 물건들을 쓸어 담았다.

저 많은 걸 다 담을 정도로 보자기는 무척이나 컸다.

그걸 묶으니, 부피가 굉장히 컸다. 또 무거웠다.

진서도 살짝 들어봤는데, 내공을 써도 꼼짝하지 않았다.

[우와 이 정도면 백오십 관이 넘겠는데?]

자신의 무게가 십삼 관 정도이니, 그걸 감안하면, 열 배 이상 무거운 셈이다.

그런데 철경은 그걸 번쩍 들었다.

그리고 아무렇지도 않게 밖으로 들고 나갔다.

[너, 정말 무지막지한 놈이구나.]

'사돈 남 말 하는군.'

철경은 진서를 한 번 흘겨보고는 그대로 밖으로 나갔다.

입구가 좁아, 주먹으로 부수며 위로 올라갔다.

지상 위의 사람들은 여전히 모르고 있었다. 그들은 말을 잡는다고 정신없었고, 철경은 이걸 들고도 몰래 빠져나왔다.

사위가 어두운 그믐이라 가능했다.

[정말 저 사람들은 금이 없어졌다는 걸 모를까?]

진서가 철경에게 물었다.

[저들은 비밀창고가 있는지도 몰라. 그러니 추감혁은 본단에서 금을 가지러 올 때까지 털렸는지 모를 거야.]

무영문이 준 정보가 맞다면, 삼 일간의 여유가 있었다.

휘이익.

휘익.

쉴 틈이 없었다.

두 사람은 금을 집으로 옮긴 후, 단숨에 십 리를 달려 내려갔다.

이미 열 번이나 가 본 곳이기에 거칠 것이 없었다.

그렇게 도착한 곳은 넓은 강이 보이는 강변이었다.

이곳에는 상당한 규모의 상단이 있었고, 아주 큰 쌀 창고도 보였다.

현재 적재된 쌀의 양만 천 섬이 넘었다.

한 섬이면 네 식구가 일 년은 먹으니, 실로 어마어마한 양이었다.

이곳이 바로 추감혁이 소유한 추미상단이었다.

강을 통해 매일 큰 배가 오가는 곳으로, 일하는 사람만 오백 명이 넘었다.

하지만 지금은 한밤중이라 수십 명의 경비만 돌아다녔다.

철경은 몰래 안으로 들어갔다.

이미 이곳 지리까지 파악해 놓았기에 빠르게 움직였다.

중심에 있는 건물의 상층부로 올랐고, 불이 켜진 방으로 향했다.

그가 조사한 바로는 추미상단의 책임자가 머무는 방이었다.

책임자의 이름은 만득선.

오십 대 중반으로 턱수염이 가득한 사내였다. 그는 평소처럼 늦은 시간까지 일을 하고 있었다.

철경은 창을 통해 몰래 들어갔다. 그리고 말을 걸었다.

"거래를 하러 왔소."

"허엇."

만득선은 너무 놀라 뒤로 쓰러질 뻔했다. 그리고 비상종을 울리려다, 꼼짝할 수 없었다. 어느새 점혈을 당한 것이다.

그는 갑자기 나타난 사람을 보고 더 놀랐다.

'이렇게 큰 사람이 있다니?'

"당신은 사, 사람이오?"

철경은 신경 쓰지 않고 다시 말했다.

"거래를 하러 왔소."

"네? 어, 어떤 거래를……."

"쌀을 사고 싶소."

"쌀요?"

만득선은 잠시 마음을 진정시킨 후에 입을 열었다.

"하, 하지만 손님. 여기는 쌀을 보관하는 창고지, 쌀을 파는 곳이 아닙니다."

"배가 와서 쌀을 사 가던데?"

"아, 그건 저희는 도매상만 상대하니까요. 제가 좋은 소매상을 소개시켜 드리겠습니다. 그쪽으로 가시면……."

"쌀 천오백 섬을 사고 싶소."

"아. 네에. 네에?"

만득선은 깜짝 놀라 되물었다.

잘못 들은 줄 알았다.

웬만한 도매상도 백 섬, 이백 섬을 가져가는데, 천오백 섬이라니?

"돈은 준비되어 있소."

철경은 들고 있는 작은 궤짝을 보여 주었다.

조금 전 훔쳤던 천복상의 금이었다.

그중 일부만 가져왔는데, 황금이 가득했다.

만득선은 눈이 반짝였다.

"허어. 이렇게 많은 금이라니……."

"대략 이십만 냥이오. 충분하오?"

"추, 충분하지요. 차고 넘칩니다."

현재 쌀의 시세를 따진다면, 천오백일 경우 십오만 냥으로 측정할 수 있었다.

그런데 이십만 냥이면 큰 이득이었다.

만득선은 기쁜 마음으로 물었다.

"언제까지 준비해 드리면 될까요? 열흘이면……."

"이틀 후, 가지러 오겠소."

"네에?"

오늘 만득선은 많이 놀라는 날인가 보다. 그는 곤란한

듯 말했다.

"이틀 후요? 아아, 그건 좀 힘든데요."

"이곳 창고에 있는 것만 따져도 천 섬은 넘을 것 같은데?"

만득선은 웃으면서 설명했다.

"하하. 죄송하지만 손님. 여기 창고에 있는 쌀은 대부분은 판매가 예정되어 있습니다. 당장 내일 나가는 쌀만 오백 섬이 넘습니다."

"이해를 못 하는군."

"네?"

"내가 시간을 두고 천천히 구할 것 같으면, 이 밤중에 찾아왔겠소? 그리고 이렇게 많은 돈을 지불하지 않았겠지."

철경의 말에 만득선도 대꾸하지 못했다.

대신 열심히 고민했다. 어떻게 하면 천오백 섬을 맞출 수 있을까?

이대로 포기하기엔 눈앞의 금이 아까웠다.

'으음. 방법이 있긴 한데.'

내일 가져가는 거래처들에 핑계를 대고, 계약되어 있는 물량을 뒤로 미루는 것이다.

그리고 주변 상단에서 쌀을 빌려온다면 천오백 섬에 맞출 수 있을 것 같았다.

하지만 그렇게 하려면, 상단주의 승인이 필요했다.

만득선이 조심스레 말을 걸었다.

"저어, 손님. 다행히 천오백 섬을 맞출 수는 있겠습니다."

"잘됐군."

"하지만 두 가지 문제점이 있습니다. 한 가지는 시간입니다. 이틀은 도저히 무리고, 사흘까지 여유를 주시면 가능하겠습니다."

"으음."

철경은 고민하는 척 하다고 고개를 끄덕였다. 본래 그의 예상도 사흘이었다.

"좋다. 사흘 후에 오도록 하지. 두 번째 조건은?"

"천오백 섬은 굉장히 많은 양입니다. 그 쌀들을 가지고 가시려면 최소 마차 오십 대나 열 척이 넘는 배가 필요합니다."

"배는 내가 알아서 준비하겠소."

"아, 알겠습니다. 배만 준비해 주시면, 저희가 깔끔하게 실어드리겠습니다."

철경은 궤짝에서 금덩이 다섯 개를 꺼냈다.

"선수금이오. 나머지는 쌀이 준비되는 대로 주지."

"물론입니다."

만득선은 감사인사를 했고, 철경이 떠나려 했다.

그러자 만득선이 급히 물었다.

"자, 잠깐만요. 대협. 혹시 그 많은 쌀을 어디에 쓰실 생각입니까?"

"알 것 없소."

철경은 짧게 말한 후, 창문을 통해서 밖으로 나갔다.

그는 멀리 가지 않았다. 근처에서 만득선의 모습을 몰래 관찰했다.

만득선이 철경이 갔다고 생각했는지, 바쁘게 움직였다.

책상에서 무언가 급히 적더니, 수하를 불렀다.

"급한 일이다. 당장 상단주님께 전서구로 보내라."

"알겠습니다."

그리고 혼자서 중얼거렸다.

"분명 상단주님도 이번 거래를 원하실 거야. 미리 준비를 해둘까? 일단 주문 들어온 것들을 취소해야 하는데…… 뭐라고 핑계를 대지? 지난번처럼 관리 놈들 핑계를……. 아차. 관(館)으로 보내는 물건도 있잖아. 젠장. 이거 큰일이군."

철경은 거기까지 듣고, 명령을 받은 수하를 따라갔다.

수하는 전서구에 서신을 달아서 날려 보냈다.

푸드득.

철경은 그 전서구를 따라갔다.

'드디어 면상을 확인할 수 있겠구나.'

전서구는 하늘을 날지만, 철경의 경공으로도 쫓아갈 수 있었다.

산을 하나 넘었고, 추신검문 쪽으로 날아갔다. 그러다가 방향을 틀고, 산 중턱에 있는 작은 별장으로 들어갔다.

'여기에 숨어 있었군.'

추감혁은 다른 사람을 짓밟으며 부자가 되었다. 그래서 항상 적이 많았고, 숨어서 지냈다.

추미상단의 책임자 정도라면, 추감혁의 위치를 알거라고 생각했는데, 그 예상이 맞았다.

산 중턱에 있는데도 굉장히 크고 호화스러운 별장이었다. 넓은 연무장이 있었는데, 그 가운데는 사람 키 두 배가 넘는 금불상이 앉아 있었다.

경비도 삼엄했다.

백여 명이 넘었고, 주위를 빈틈없이 지켰다.

하지만 진서와 싸우면서 은신술이 향상되었다. 철경은 무리 없이 내전까지 들어갈 수 있었다.

안타깝게도 전서구를 도중에 놓쳤다.

과연 어디에 추감혁이 있을까?

마침 내전에서 시끄러운 소란이 벌어졌다.

철경은 그쪽으로 향했다.

"세상에 이런 법이 어디 있습니까?"

노인 한 명이 소리치고 있었다.

잔뜩 얼굴을 붉히며 화를 내고 있었다. 반면 맞은편에 있는 남자는 웃고 있었다.

약관도 안 될 정도로 어렸는데, 건방진 자세로 앉아 있었다. 그리고 느긋한 목소리로 대꾸했다.

"이해를 못하겠군요. 도대체 뭐가 문제입니까?"

"소문주께서 약속을 하셨잖습니까? 돈을 갚을 날짜를 한 달 연장해 주신다고요. 그런데 어젯밤 추신검문 무사들이 우리 집에 나타나 통보했습니다. 돈을 갚지 않아서 담보로 맡긴 회암 땅문서를 돌려줄 수 없다고요. 관아의 승인까지 받았다고 이런 종이 쪼가리를 줬단 말입니다."

그는 구겨진 종이를 내밀었다.

남자는 그것을 보지도 않고, 물었다.

"증거 있습니까?"

"네에?"

"자꾸 내가 술집에서 약속을 했다고 하는데, 그걸 증명할 만한 증거가 있냐고요?"

노인은 기가 차서 소리쳤다.

"열흘 전에 진흥루에서 약속하셨고, 당시 공증을 받으려 했는데, 소문주님께서 화를 냈습니다. 나를 못 믿냐고요? 그런 것 필요 없다고 소리치셔서 못 받았지요."

"그러니까 증거가 없단 소리네요."

"그렇지만 그건 소문주께서……."

노인은 어찌나 억울한지 부들부들 몸을 떨었다. 젊은 남자는 혼잣말로 중얼거렸다.

"쯧쯧 그 나이 먹도록 뭐 했는지. 술 취해서 한 약속을 믿고."

"말이 심하시오!"

노인의 뒤에 있던 남자가 소리쳤다. 그는 검의 손잡이를 잡았고, 분위기가 험악해졌다.

젊은 남자는 그를 비웃었다.

"우리 집에서 검을 뽑아? 크큭. 뽑아보시지."

하지만 노인이 뒤에 있는 남자를 말렸다.

"안된다. 참아라."

"크크큭. 그래. 참아야지. 원래 힘이 없으면 참는 거라고."

그때였다. 한 사람이 장내에 나타났다.

"이게 무슨 소란이냐?"

건방졌던 젊은 남자도 의자에서 벌떡 일어났다. 화를 내던 노인도 고개를 숙이며 예를 갖추었다.

그 사람은 다섯 명의 호위무사를 대동한 채 이쪽으로 다가왔다.

작은 눈에 뾰족한 귀, 백발이 섞여 있는 머리카락을 가진 살집이 있는 중년인이었다.

숨어서 지켜보던 철경의 눈이 반짝였다.

'추감혁, 찾았다.'

예전보다 살이 쪘지만, 그가 분명했다.

한때 아버지의 친구였지만, 돈을 위해 친구의 자식들을 죽인 남자.

철경은 주먹을 움켜쥐었다.

지금 나선다면, 당장에라도 죽일 수 있었다. 여기 있는 사람들 다 죽이고, 추감혁을 삼 일 밤낮으로 고문할 수도 있었다.

하지만 참았다.

단순한 죽음은 이놈에게 어울리지 않는다. 배신자에게는 배신자에 어울리는 죽음을 선사해야 한다.

특히 재물에 눈이 먼 자이니, 그 재물을 모두 뺏은 후에 죽일 것이다.

철경은 주먹이 부서져라 움켜쥐었다.

반면 추감혁은 하품을 하면서 물었다.

"하아암. 이 밤중에 무슨 일이냐고 물었다."

"죄송합니다.. 아버님."

건방진 젊은 남자는 추감혁의 아들, 추문수였다.

그리고 억울함을 성토하던 노인은 추신검문과 거래하고 있는 은하상단의 단주였다.

그는 추감혁에게 하소연을 했다.

"문주님. 정말 억울합니다."

"허어. 은하상단주께서 이 시간에 웬일이시오?"

진즉에 봤으면서 모른 척 물었다. 그러면서 손을 잡으며 다독였다. 뻔한 수작이지만, 은하상단주는 감동을 받은 눈치였다.

"아시다시피, 제가 추신검문에서 돈을 빌렸습니다. 담보로 저희 땅을 맡겼죠."

"아, 기억이 납니다. 그런데요?"

"안타깝게도 지난번 사천에 난 물난리 때문에 물건을 제때 받지 못했습니다. 그래서 아직 돈을 마련하지 못했고, 그래서 소문주님께 부탁을 드렸습니다. 그때는 소문주님께서 알았다고 하셨죠. 그런데 지금 말을 바꾸시면서……."

"그만. 무슨 말인지 알겠습니다."

추감혁은 온화한 말투로 그에게 말했다.

"은하상단주. 걱정 마시고 돌아가십시오. 며칠간 시간을 더 드리겠습니다."

"정말입니까? 문주님."

"허허. 당연하지요. 우리가 한두 해 거래한 사이도 아니고."

"감사합니다. 정말 감사합니다."

은하상단주는 머리를 숙여가며 감사를 표했다.

그리고 홀가분한 표정으로 내전을 나갔다.

그들이 떠나자마자, 추문수가 투덜거리며 물었다.

"아버님. 왜 그러셨습니까? 조금만 더 있으면 그 알짜배기 땅을 먹을 수 있었는데."

"쯧쯧. 이 녀석아. 그릇이 작구나. 겨우 그 땅덩어리를 탐내느냐?"

"네에? 그럼요?"

"은하상단을 통째로 먹을 생각을 해야지."
"은하상단을요?"
추문수는 놀라서 물었고, 추감혁은 비릿한 미소를 지었다.
그의 얼굴이 바뀌었다.
조금 전에 보였던 사람 좋은 미소는 사라지고, 냉혹한 표정만 남아있었다.

추감혁은 은하상단주를 비웃었다.
"그런 멍청한 놈들은 일일이 상대할 필요 없다. 그냥 못 이기는 척 원하는 걸 들어줘. 그리고 뒤로 몇 가지만 준비하면 된다."
"준비요?"
"이번 같은 경우에는 저 영감탱이가 필요한 만큼 시간을 주어라. 그리고 뒤로는 물건을 계속 못 받게 방해하는 거야."
"아. 그렇군요. 돈을 못 벌면, 빌린 돈을 못 갚으니까요."
"그렇지. 그 후에 야금야금 은하상단을 집어삼키는 거다."
"하하하. 역시 아버님은 천재이십니다."
"후후. 너는 아직도 많이 배워야한다."
두 사람은 크게 웃었다.
그리고 어떻게 은하상단의 거래를 방해할지, 상세히 이

야기를 나누었다.

둘은 그것이 즐거워 보였다.

'그 아비에 그 자식이군.'

철경은 그 아들까지 죽일 것을 다짐했다.

그때 한 사람이 달려왔다. 그는 추신검문의 총관이었다.

"문주님. 추미상단에서 전서구가 왔습니다."

"추미상단? 이 밤중에 무슨 일이냐?"

"갑자기 큰 손님이 찾아왔다고 합니다."

"으음. 뭔가 수상한데."

그는 조심성이 많은 사람이었다. 특히 나이가 들수록 찜찜한 거래는 피하려 했다. 하지만 총관의 표정은 밝았다.

"조건이 매우 좋습니다."

"뭔데?"

"쌀 천오백 섬에 이십만 냥을 준다고 하더군요."

"이십만 냥?"

추감혁은 총관에게 물었다.

"요새 쌀의 시세가 어떻게 되지?"

총관은 기다렸다는 듯이, 대답했다.

"쌀 한 섬에 백오 냥입니다."

"그럼 천오백 섬이면 얼마야?"

계산 역시 바로 나왔다.

"십오만칠천오백 냥입니다. 사만이천오백 냥의 차익이

있는 겁니다.”

“호오. 좋잖아?”

“맞습니다.”

“흐흐흐. 쌀의 시세도 모르는 멍청이가 있었네. 아니야. 조건이 너무 좋아도 의심스러운데.”

그러자 총관이 대답했다.

“이유가 있습니다. 사흘 안에 준비 달라고 합니다.”

“사흘? 쌀 천오백 섬을?”

“네.”

“젠장. 비싸게 부르는 이유가 있었구나. 창고에는 쌀이 얼마나 있는데?”

“현재 창고에 천 섬이 있고, 주변 상단에 쌀을 빌리면, 천오백 섬을 맞출 수는 있답니다. 하지만 그렇게 할 경우, 예약이 걸려 있던 쌀은 못 보내는 거죠.”

“원래 얼마나 나가야 하는데?”

“약 천 섬 정도 된답니다.”

“칫. 어쩔 수 없지. 어차피 청해의 쌀 거래는 우리가 갑이다. 그깟 쌀, 안 주면 그것들이 어쩔 거야? 미루라고 해.”

추감혁은 일말의 망설임도 없었다.

그가 약속을 얼마나 가볍게 보는지 알 수 있는 대목이었다.

그런데 뒤에 있던 추문수가 심각하게 말했다.

"아버님. 관에 납품하는 쌀도 있을 겁니다."

"관에? 사실이야?"

총관이 대답했다.

"네. 그러잖아도 전서구에 그것이 가장 염려된다고 적혀 있습니다."

추감혁은 인상을 찌푸렸다.

다른 곳은 힘으로 찍어 누르면 된다. 하지만 관은 달랐다.

잘못 건들면, 앞으로의 거래가 피곤해진다. 재수 없으면 법을 위반했다고 끌려갈 수도 있었다.

추감혁은 머릿속으로 주판을 튕겼다.

"끄응. 그럼 어쩔 수 없이 관리 놈들한테 뒷돈을 찔러줘야 하나? 끄응. 이놈 저놈 주고 나면, 못해도 만 냥 정도는 나가겠구나. 그럼 실제 수익은 삼만 냥 정도밖에 안 되네."

눈치를 보던 총관이 물었다.

"거절할까요?"

"젠장. 이거 고민되네. 쌀 사는 놈. 바보 멍충인줄 알았는데, 제법 머리가 좋은 놈이잖아."

"네? 무슨 말씀입니까?"

"너무 많은 금액이면, 내가 수상하다고 포기할 거야. 액수가 적으면 적다고 포기하겠지. 하지만 딱 군침돌게 이익을 남겨주잖아. 포기도 못 하게."

그의 말대로였다.

철경은 추감혁이 거절할 수 없게 고심해서 금액을 정했다. 그리고 여기까지 쫓아와서 지켜보는 이유도 그것 때문이다.

만약 추감혁이 거절한다면, 다른 계획을 세우기 위해서.

"으음."

추감혁은 확실히 소극적으로 변했다. 계속 고민을 했고, 지켜보던 추문수가 나섰다.

"아버님. 그래도 약간의 모험은 해야죠. 그냥 저에게 맡겨주십시오. 제가 해보겠습니다."

그는 아직 어렸다.

모험을 두려워하지 않았고, 아버지에게 인정받고 싶은 욕구도 있었다.

"네가?"

"네. 자신 있습니다. 그리고 이번 기회에 재고를 정리하는 건 어떨가요?"

"흐흐흐. 그것도 괜찮겠군."

마침내 추감혁은 지시를 내렸다.

"야. 추미상단 놈에게 전해."

"하명하십시오."

"이번 기회에 오래 묵은 쌀을 전부 처리하라고. 그리고 다른 곳에서 쌀을 사 올 때도 오래된 쌀만 가져와. 그럼 헐값에 가져올 수 있잖아. 그럼 이문도 더 많이 남길 수 있지."

"알겠습니다."

아들인 추문수는 만족스럽게 웃었다.

"하하하. 그렇죠. 처음부터 품질이 좋아야 된다는 말도 없었잖아요."

두 사람은 확실히 비슷했다.

잔머리를 잘 굴리고, 다른 사람의 입장 따위는 고려하지 않았다. 오직 돈만 바라고, 이익에 따라 움직이는 사람들이었다.

철경은 그런 두 사람을 보고, 미소를 지었다.

'다행이야. 조금도 변하지 않아서.'

혹여나 변하면 어떡하나 걱정도 있지만, 괜한 생각이었다.

얼마든지 복수를 해도 되고, 죄책감 따위는 가질 필요가 없었다.

그리고 생각지도 못한 이야기가 흘러나왔다.

추감혁이 총관에게 물었다.

"아, 그건 어떻게 됐어?"

"어떤 것 말씀입니까?"

"여불위 무덤 건 말이야. 돈을 그렇게 많이 썼는데, 뭐라도 있어야지."

"아, 네에. 지금 유력한 장소를 세 군데로 압축해 놓고 확인 중에 있습니다. 조만간 연락이 올 겁니다."

"쯧. 다른 문파들, 특히 대문파를 잘 살피라고 해. 곤륜파나 사흑파 같은 곳 말이야. 분명 그쪽에서 먼저 움직일 거야."

"알겠습니다."

추감혁도 여불위의 무덤을 노리고 있었다.

하긴 욕심 많은 그가 여불위의 소문을 무시할 리 없었다. 다만 대문파에 비해 확실히 소식이 늦었다.

'어쩌면 이것도 이용할 수 있겠군.'

철경은 한동안 이곳에 머물렀다.

추감혁의 현재 상태와 버릇, 주변 환경과 집의 구조, 호위무사 수준들 등을 머릿속에 담았다.

다음 날 해가 뜰 때까지 정보를 모았다. 그리고 아침에 그곳을 빠져나왔다.

다시 강 쪽으로 달려갔고, 이번에는 근방에서 가장 큰 조선소를 찾았다.

조선소의 주인은 반갑게 그를 맞이했다.

"오셨습니까?"

철경이 무뚝뚝하게 물었다.

"배는 어떻소?"

"계획대로 준비하고 있습니다. 내일이면 완성됩니다."

철경이 계획을 세운 직후, 이곳에 먼저 찾아왔었다.

쌀을 운반할 배를 구하기 위해서였다.

마침 군용으로 들어온 거선이 있었고, 철경이 사버렸다.

그리고 쌀을 많이 실을 수 있게, 운반용으로 개조를 요청했었다.

"내일 저녁 자시 경에 사람을 보내겠소."

"알겠습니다. 그때까지 준비해 놓겠습니다."

"이전에 말했듯 비밀을 지켜주시오."

"네. 걱정 마십시오. 우린 어떤 일에 사용하시든, 관심 없습니다."

철경은 수리비를 넉넉하게 지불했고, 조선소 주인은 함박웃음을 지으며 고개를 끄덕였다.

다음에 찾아간 곳은 작은 퇴비 창고였다. 안으로 들어가니, 한 사람이 기다리고 있었다.

철경도 아는 사람, 무영문의 매군이었다.

그는 코를 붙잡으며 인상을 찡그렸다.

"정말 냄새가 지독하군요. 조금 더 깨끗한 장소에서 만나면 안 되겠습니까?"

"코를 막으시오."

"끄응."

매군이 포기한 얼굴로 말했다.

"배를 다룰 수 있는 사람들은 구했습니다. 물론 무림과는 관련 없는 인물들이고, 타지 사람들입니다."

"잘됐군."

"그런데, 그 많은 쌀을 어디로 보낼 생각입니까? 그들에게 목적지를 알려줘야 하거든요."

"면양(綿陽)."

"사천성이군요. 그런데 사천성은 쌀을 팔기에는 좋은 장소가 아닌데요."

"팔 생각은 없소."

매군이 놀라서 물었다.

"그럼 어떻게 처리하시려고요? 계속 들고 다니면 추신검문이 흔적을 쫓을 수 있습니다."

"최근 사천성 쪽에 물난리가 났다고 들었소."

매군은 더 놀랐다.

"아아, 그 많은 쌀들을 수재민에게 기부하려고요?"

"그들이라면 쌀을 금방 소모할 수 있을 테니까."

"당연하지요. 쌀의 상태가 좋든 말든 금방 없어질 겁니다. 그리고 추신검문에서는 쌀을 찾고 싶어도 찾지 못할 테고요."

철경은 원하는 것이었다.

"그런데…… 정말 괜찮습니까? 물론 좋은 일이긴 하지만, 큰돈을 쓰셨는데, 아까워서요."

그러자 철경이 입꼬리를 비틀었다.

"상관없소. 내 돈을 쓰는 것이 아니니까."

매군은 궁금했지만, 더 이상 물어볼 수 없었다.

철경은 이미 몸을 돌려, 밖으로 나가고 있었다. 그리고 금방 사라졌다.

매군은 자신도 그곳을 벗어나면서 중얼거렸다.

"아차차. 이것도 물어봐야 하는데, 그냥 가버렸네. 수재민에게 보낼 때, 무슨 이름으로 기부를 하지?"

매군은 가상의 이름을 만들기 위해 한참을 고심했다.

이틀 후, 큰 배 한 척이 추미상단으로 다가왔다.

강을 가득 메울 정도로 크고 넓은 배였다.

늦은 밤인데도 수많은 일꾼들이 창고 안에 있었고, 칼을 든 무사들도 눈을 번득였다.

만득선 역시 잔뜩 긴장된 얼굴로 주변을 살폈다. 배는 나타났는데, 배의 주인이 아직 안 온 것이다.

정확히는 그가 가지고 있는 돈을 기다리고 있었다.

"준비는 다 되었나?"

묵직한 저음이 뒤에서 들렸다.

커다란 체구에 하얀 가면을 쓴 남자가 드디어 나타났다.

만득선이 웃으면서 그를 반겼다.

"아하하. 오셨군요. 손님. 기다리고 있었습니다."

"쌀은?"

"아, 쌀은 걱정 마십시오. 요청하신 만큼 준비를 했습니다.”

철경은 주변에 있는 무사들을 쳐다봤다. 하나같이 무기를 소지하고 있었다.

만득선이 급하게 변명했다.

“아무래도 큰 거래이니까요. 이 분들은 본사에서 나오신 분들입니다. 신경 쓰지 마십시오.”

“배가 선착장에 닿으면, 물건을 실어라. 다 실으면 비용을 지불하지.”

“네네.”

그때 한 사람이 끼어들었다. 추신검문의 소문주 추문수였다.

“먼저 돈을 확인하고 싶소만.”

“물건을 실으면 준다고, 방금 말했다.”

“지난번에 왔을 때, 돈을 정확히 세지 못했다고 들었소. 금액이 맞는지만 확인할 테니 돈을 보여주시오.”

아무래도 추감혁에게 미리 지시를 받은 것 같았다. 철경은 아무 말 없이 들고 있던 궤짝을 내려놓았다.

쿵.

묵직했다.

추문수는 상자를 열었고, 입가에 미소를 지었다.

상자 속에는 금이 가득 들어 있었다.

“흠흠. 전표가 아닌 금이라…… 마음에 드는 사람이군.

잠깐만 기다려 주시오."

그는 열심히 돈을 세었다. 그리고 만족스럽게 일어섰다.

"금액은 맞아. 만 단주. 손님 배에 쌀을 실어드리게."

"알겠습니다."

그러면서 철경에게 돈을 돌려주지는 않았다.

궤짝을 자신의 앞에 두었고, 은연중에 주위의 무사들이 그를 보호했다.

철경은 그의 욕심을 알았지만, 모른 척 넘어갔다. 어차피 그 돈은 천복당에서 가져온 것이니까.

그렇게 반 시진이 흘렀다. 그동안 추문수와 만득선은 가만 있지 않았다.

철경을 상당히 괴롭혔다.

"그런데 저렇게 많은 쌀을 어디에 쓰실 겁니까?"

"……."

"알려주시면, 앞으로 저희가 쌀을 또 준비해 놓으려고요. 또 다음에 구매하실 때도 더 싼 가격에 드릴 수 있습니다."

"……."

"어디서 오신지만 알려주시면 안 될까요? 하하. 저희 문주님이 너무 궁금해하셔서."

"……."

어떤 정보라도 얻으려는 속셈이었다. 하지만 철경은 철저히 대꾸하지 않았다.

하지만 그들은 끈질기게 물었고, 포기할 생각은 없는 듯 보였다.

철경은 마지못해 입을 열었다.

“정말 시끄럽군.”

“하하. 정보를 못 얻으면, 저희 문주님이 화를 내시거든요.”

만득선은 농담처럼 말했다. 하지만 어느 정도는 사실이었다.

실제로 추감혁이 정보를 얻으라 지시했고, 뜻대로 안 되면, 화를 내고 벌을 내리기도 했다.

철경은 잠시 고민했다.

본래 몇 가지 정보를 다른 방법으로 흘릴 생각이었다. 하지만 이런 식으로 알려줘도 나쁘지 않을 것 같았다.

그는 품속에서 사흑패의 패를 꺼냈다.

“이걸 알아볼 수 있다면, 대답이 되겠지.”

만득선은 고개를 갸웃거렸다.

처음 보는 물건이었다.

그런데 마침 추신검문의 무사들 중 한 명이 그것을 알아봤다.

깜짝 놀라더니, 황급히 추문수의 귀에 속삭였다. 추문수는 고개를 들고 크게 소리쳤다.

“그게 정말이냐?”

"분명합니다."

"귀하는 정말 사흑……."

철경이 손을 흔들었다.

퍼억.

추문수에게 알려줬던 수하가 한 대 맞고 튕겨 나갔다.

아무도 눈치채지 못할 만큼 빠르고 강력했다.

'가, 강하다.'

방안에 있던 모든 이가 침을 꿀꺽 삼킬 정도였다.

철경이 추문수에게 말했다.

"소리 낼 필요 없다. 너만 알아라."

"아, 네엡, 알겠습니다."

'젠장, 뜬금없이 사흑파라니.'

그것도 단주를 증명하는 명패라니?

상상도 못 한 상황이었다.

추문수는 내심 고개를 끄덕였다.

'그래. 언젠가 들은 적이 있어. 사흑파의 비밀단주들은 가면을 쓰고 다닌다고.'

단번에 납득되었다.

얼굴을 가린 가면과 강한 무공, 그리고 이십만 냥이라는 큰돈을 한 번에 내어놓는 씀씀이까지.

모두 사흑파라면 가능한 일이었다.

그리고 그들이라면 충분히 쌀을 소화할 수 있었다.

그때부터 추문수의 태도가 달라졌다.

철경에게 더 이상 질문하지 않았다. 공손하게 대했고, 아부까지 했다.

"하하하. 손님. 여기 앉으시죠. 너희들은 뭣들 하느냐? 차를 가져와야지."

"네네."

"아, 아니다. 이 밤중에 무슨 차야. 만 단주. 숨겨 놓은 명주 같은 거 없어? 지난번엔 있었잖아."

"네. 있습니다."

"어서 가져와."

하지만 술을 가지러 가기 전에 쌀을 다 실었다는 소식이 들렸다.

철경은 벌떡 일어났다. 그리고 추문수에게 경고했다.

"귀찮아서 패를 보여줬지만, 명심해라. 나는 지금 임무를 수행 중이고, 너는 입을 다물어야 한다."

"네네. 무슨 말씀인지 알겠습니다."

"혹여나 우리 문파에 관한 소문이 돈다면……. 추신검문을 가만두지 않겠다."

"네에."

철경은 진심으로 내력을 일으켰고, 추문수는 잔뜩 겁을 먹었다.

그리고 나타났을 때처럼, 흔적도 없이 사라졌다.

"가, 갔나?"

추문수는 고개를 푹 숙인 채, 주변사람들에게 물었다.

"네. 갔습니다."

수하의 대답을 듣고 고개를 들었다.

마침 배도 떠나고 있었다.

그러자 추문수는 한숨을 쉬며 의자에 앉았다.

"휴우. 재수 없는 놈."

문득 짜증이 났다.

추신검문도 청해에서 알아주는 강자였다. 하지만 사흑파에는 비비지도 못했다.

아버지인 추감혁도 경고했었다.

"사흑파만은 조심해야 한다. 네 생각보다 사흑파는 강한 곳이야. 아마 우리와 제대로 붙으면, 사흘도 안 되어 우리가 전멸할 거다."

그때는 대충 넘겼지만, 오늘 비밀 단주를 만나 보니 알 것 같았다.

일개 단주가 저렇게 세다니.

그래서 더 짜증나고, 재수 없었다.

"젠장. 술이나 진탕 마셔야겠다. 야. 만 단주."

"네. 소문주님."

"여기 일을 정리해. 이 돈은 우리가 가져갈 테니."

"헛. 그럼 쌀값은요?"

"무슨 쌀값?"

그 말에 만득선은 답답함을 참고, 설명해 주었다.

"기존의 약속들을 파기하고, 무리해서 쌀도 추가 구매했습니다. 그들에게 쌀값을 줘야 하고, 또 예정된 약속을 지키려면, 쌀을 더 사야 합니다."

"아, 그렇지. 일단 어음으로 끊어. 나중에 돈 준다고 하고."

"하지만 소문주님. 그동안 어음이 쌓인 어음이 많습니다. 이거 자칫 위험할 수도……."

"아이 X발. 난 그런 거 모르겠고. 나중에 총관한테 물어봐."

추문수는 귀찮아서, 소리만 지르면서 윽박질렀다.

그리고 수하들과 함께 추미상단을 떠났다. 물론 금이 든 궤짝을 가지고 갔다.

만득선은 그런 추문수를 보면서 중얼거렸다.

"쯧쯧. 그래도 지 애비는 욕심쟁이라도 똑똑한데, 아들은 잔머리만 있지, 멍청해. 욕심만 많고. 쯧쯧. 몇 년 후에는, 있는 재산 다 날리겠다."

그전에 다른 상단으로 옮겨야겠다고 다짐했다.

사실 철경은 이번에도 멀리 가지 않았다.

배의 선장을 만나서 목적지를 확인하고, 다시 이곳으로 돌아왔었다.

그리고 추문수가 돈을 가지고 가는 것을 보았다.

예상대로였다.

욕심 많은 추감혁이 만득선에게 돈을 맡길 리 없었다. 금을 챙겨 갈 거라 짐작했었고, 그대로 흘러가고 있었다.

'이제 저 돈을 되찾아야지.'

이번 복수는 추감혁의 재산을 완전히 없애는 걸로 시작된다.

그러기 위해서 유동성 자산, 즉 당장 돈으로 바꿀 수 있는 금과 쌀, 물건들을 모조리 뺏을 생각이었다.

철경은 그들을 따라갔다.

그리고 조용한 장소가 나타나길 기다렸다.

마침 산길을 달리던 중에 누군가 추문수에게 물었다. 그들은 생각지도 못한 얘기를 꺼냈다.

"소문주님. 가는 길에 만복당에 들러야 하지 않습니까?"

"아, 그렇지. 까먹고 있었네."

총관의 부탁이었다.

만복당의 위치는 추신검문에서도 극비사항이었다. 다섯

명만 알고 있었고, 추문수도 얼마 전에 알게 되었다.

이번에 총관이 만복당의 물건 하나를 가져다 달라고 부탁했었다.

하지만 추문수는 귀찮았다. 머리를 굴리면서 수하에게 대꾸했다.

"당연히 가야지. 그런데 금도 중요하잖아? 빨리 가서 아버지께 보여드리고, 쌀값을 지급해야 하니까. 그러니까 오늘은 너 혼자 갔다 와라."

"하지만 총관님께서 소문주님께서 만복당 문지기들과 친해져야 된다면서 꼭 같이 가라고……."

"아씨. 귀찮게 하네. 야. 내가 위야. 총관이 위야?"

"물론 소문주님이 더 윗분이시죠. 하지만 앞으로 저희 추신검문을 이끌어 가려면, 비밀창고의 수장들을 다 만나고 친분을 쌓아야 한다고……."

"X발. 그러니까 그건 내가 알아서 한다고!"

추문수는 버럭 소릴 질렀다.

주먹까지 들면서 때리려 했고, 결국 수하는 그의 말대로 혼자 갔다.

그들은 둘로 나뉘어졌다.

철경은 여기서 머뭇거렸다.

본래는 추문수를 따라가서 돈을 훔치려 했으나, 만복당이란 말에 생각이 바뀌었다. 무영문도 못 찾는 비밀창고가 아닌가?
이번 기회를 놓칠 순 없었다.
"진서. 나와 봐."
진서가 강보를 안은 채 나타났다.
"왜?"
"저들을 따라가. 그리고 몰래 궤짝을 훔쳐서 감덕의 집으로 가져가."
"나 혼자?"
"그래."
"으음. 저놈들, 죽일까?"
진서의 눈빛이 스산하게 변했다.
철경은 고개를 저었다.
"이번에는 안 돼. 아무도 모르게 궤짝만 훔쳐."
"치잇. 재미없어."
진서는 어린아이마냥 투덜거렸다. 그러면서도 철경의 말대로 그들을 쫓아갔다.
그리고 철경은 만복당으로 향하는 놈의 뒤를 따랐다.

만복당은 깊은 산속에 있었다.
상당히 높았고, 거의 산꼭대기에 가까워졌다.

그곳은 커다란 폐광이었다.

과거에는 광물을 많이 캤는지, 입구가 넓었다. 그리고 들어가니 깊은 곳까지 이어졌다.

추신검문의 무사는 불빛이 없어도 계속 안으로 들어갔다. 그리고 목소리가 들렸다.

"멈춰라."

"홍 형. 나요. 본문에서 온 배 가요."

갑자기 불이 켜지면서 일단의 무리들이 나타났다. 그들은 서로 안면이 있는지, 웃으면서 안부를 물었다.

"오랜만에 오셨군. 그런데 왜 혼자요? 소문주님이 같이 온다고 들었는데."

"아, 그게 사실은 소문주님께서 급한 일이 생겨서 못 왔소."

"하하하. 알 만하군. 보나 마나 그 망나니 새끼가 산을 오르기 싫어서 내뺀 것 아니오?"

그러자 추신검문 무사는 한숨을 쉬었다.

"휴우. 말도 마시오. 정말 힘들어 죽겠소. 비위 맞추기가 어찌나 엿 같은지."

"흐흐흐. 내가 만약 그쪽 보직을 맡았으면, 진즉에 그만뒀을 거요."

"나도 언제 그만둘는지 모르오."

"일단 안으로 들어갑시다. 왔으니까 조장님께 인사드려

야지."

"그럽시다."

그들은 이런저런 얘기를 나누면서 안으로 들어갔다.

철경은 숨어서 그들을 살폈다.

숫자는 적지만, 개개인의 무공 수준은 높았다. 확실히 천무당보다는 윗선이었다.

하지만 오랜만에 손님이 온 때문인지, 빈틈이 생겼다.

덕분에 철경은 방해 없이 안으로 들어갈 수 있었다.

입구 쪽에는 무사들이 깔려 있는데, 정작 아래쪽에는 지키는 사람이 없었다.

마음 놓고, 만복당의 창고를 둘러볼 수 있었다.

'놀랍군.'

천무당과는 비교도 안 될 규모였다.

크기만 따져도 열 배가 넘었다. 또 천무당은 금만 취급했다면, 이곳은 온갖 보물들이 가득했다.

황법으로 금지되어 있는 포문이나 화탄부터, 명인들의 그림이나 서책들이 돌멩이처럼 깔려 있었다.

또 한쪽에는 각종 영약이나 무가지보(無價之寶)도 쌓여 있었다.

너무 많아서 가지고 나가는 건, 어려울 것 같았다.

'흐음. 꼭 가져갈 필요는 없지.'

잠깐 생각한 끝에 생각을 바꾸었다.

애초에 이곳에 온 목적이 돈은 아니었다.

추신검문이 만무동의 보물을 사용하지 못하게 방해하면 된다.

철경은 필요한 것들만 챙기려 했다.

'화탄 스무 개.'

그는 무기가 전시되어 있는 곳으로 향했다.

철경은 신병이기에는 관심이 없었다.

무기의 날카로움보다는 자신의 무공을 믿기 때문이다.

하지만 하나의 검이 눈에 들어왔고, 자신도 모르게 걸음을 멈추었다.

그 검은 검집이 없었다.

철아검(鐵我劍)

검의 표면에 검명이 적혀 있었다.

어떻게 만들었는지 모르지만, 검의 날이 검었고, 반쯤 땅에 박혀 있었다.

철경이 바라본 이유는 크기 때문이다.

검은 굉장히 컸다.

얼마나 큰지 철경의 머리만큼 길었고, 넓이는 몸통을 가릴 정도였다.

흡사 도와 비슷했지만, 양쪽에 날이 있었고, 끝이 뾰족했다.

다만 날은 날카롭지 않아, 무언가를 자를 수 있을지 의문이었다.

오히려 너무 크고 투박해서, 어찌 보면 몽둥이 같았다. 검으로서는 실패작이라 할 수 있었다.

'그래서 마음에 가는 건지도 모르겠군.'

무기가 가지고 싶다고 생각한 건 처음이었다.

철경은 검의 손잡이를 붙잡았다.

"으음."

묵직했다.

도대체 뭘로 만들었을까?

내공을 사용하지 않아도, 온 힘을 사용해야 할 정도로 묵직했다.

아마 일반 사람들이 검을 뽑으려면, 세 명도 들기 힘들 것이다.

'이걸로 수련도 할 수 있겠는걸.'

그래서 더욱 마음에 들었다. 이 검을 가지기로 마음먹었다.

철경은 그것을 땅에서 완전히 뽑았다. 그리고 등 뒤에 매었다.

묵직한 것이 듬직한 느낌이 들었다.

"좋아. 이제 나가 볼까?"

이미 폐광의 구조는 다 파악했다.

입구 쪽 몇 군데만 화탄으로 터뜨리면, 입구를 완전히

무너뜨릴 수 있었다.

그럼 당분간 여기 보물을 사용하지 못할 것이다.

물론 땅을 뚫어서 다시 복구할 수는 있지만, 최소한 석 달은 걸릴 테니까.

그 정도면 추신검문을 없애기에 충분한 시간이었다.

콰앙.

쾅.

우르르르.

철경은 밖으로 나가면서, 군데군데 화탄을 던졌고, 폐광이 무너져 내렸다.

이곳을 지키는 무사들도 폭발 때문에 정신없었다.

철경을 봤어도 무시했다. 폐광이 무너지니까 빠져나가기 바빴다.

그들도 자신의 목숨이 먼저였다.

"야. 달려."

"도망쳐!"

콰아앙. 콰앙.

"으아아악."

그리고 만복당은 무너졌다.

철경은 유유히 달아났고, 살아남은 이는 단 한 명에 불과했다.

그리고 이 소식은 곧 본단으로 향했다.

땡그랑.

금으로 된 그릇이 바닥에 떨어졌다.

추감혁은 그 그릇을 가만히 쳐다보았다.

분명 자신의 실수로 떨어뜨렸지만, 왠지 기분이 나빴다.

'이럴 때는 꼭 무슨 일이 터지는데, 조심해야겠어.'

재수 없는 날에는 몸을 사려야 한다고 믿었다.

아니면 아무나 잡아서 혼쭐을 내줄까? 기분이 풀리게?

하지만 오늘은 그럴 기회조차 잡지 못했다.

그의 불행은 갑자기, 그리고 파도처럼 밀려왔기 때문이다.

"문주님."

"뭐야?"

"추미상단에서 전서구가 왔는데, 보고 드려도 되겠습니까?"

수하가 조심스럽게 물었다. 추감혁은 퉁명스럽게 대꾸했다.

"얘기해 봐."

"추미창고에서 연락이 왔습니다. 다행히 쌀을 구할 수 있는 방안을 찾았는데, 돈 십만 냥이 필요하다고 합니다. 늦어도 이틀 후에는 지불해야 한다고……."

"알았다."

"두 번째는……."

벌컥.

"아, 아버지."

추문수였다.

그는 같이 갔던 무사들과 함께 핼쑥한 얼굴로 돌아왔다.

한눈에 뭔가 잘못되었다는 걸 알았다.

추감혁은 애써 냉정하게 물었다.

"무슨 일이냐?"

"그게…… 큰일 났습니다."

"네 표정을 보니까 큰일 난 건 알겠고, 무슨 일인지 말해봐."

차가운 목소리에 추문수도 정신이 번쩍 들었다.

"죄, 죄송합니다."

"거래가 잘못되었냐? 그놈이 돈을 안 가져왔어? 아니면 돈이 부족해?"

"아닙니다. 거래는 잘 끝났고, 돈도 직접 확인했습니다."

"그런데?"

"그러니까…… 거래가 끝나고 돌아오고 있었는데. 정말 저희는 한 번도 안 쉬고 계속 달려왔거든요. 누군가를 만난 적도 없고, 이상한 소릴 들은 적도 없습니다.”

추감혁이 답답해서 소리쳤다.

“그래서 뭐라는 거야?”

“도, 돈이…… 사라졌습니다.”

“뭐, 뭣?”

추감혁은 자신의 귀를 의심했다.

돈이 사라져?

그러니까 쌀을 팔고, 돈을 가지고 오는 중에 잃어버렸다고?

“이 미친 새끼야!”

“정말 귀신이 곡할 노릇이라니까요.”

“시끄러워!”

추감혁은 고함을 질렀다.

아끼는 아들이지만, 지금은 그럴 걸 따질 때가 아니었다.

“지금부터 넌 입을 다물어라. 알겠어?”

“네.”

“너희들!”

“네.”

“네엡.”

추감혁은 같이 갔던 무사들에게 눈길을 돌렸다.

그들은 바싹 얼어서 대답했다.

“돈을 받고 출발할 때부터 여기 도착할 때까지. 전부 보고해라. 샅샅이, 하나도 빠짐없이,"

"알겠습니다."

솔직히 할 말도 없었다. 실제로 소문주가 술을 먹고 싶어 재촉했고, 한 번도 쉬지 않고 여기까지 달려왔기 때문이다.

하지만 분위기 때문에 없는 기억까지 짜내어, 상황을 설명했다.

결국 궤짝 안에 있던 금이 사라졌다.

다섯 명이 말을 탔고, 궤짝은 말의 엉덩이에 걸쳐 있었다. 뒤에서 따라오는 무사들이 계속 지켜보고 있는데, 어떻게 금만 사라질 수 있을까?

가만히 듣고 있던 추감혁이 물었다.

"뒤에서 따라오던 놈들은 누구야?"

"저, 저희들입니다."

"너희들, 정말 한 번도 눈을 떼지 않았어? 계속 쳐다보고 있었어?"

두 사람은 당황했다.

"그, 그게……."

"말이 너무 빨라서 한 번씩은 앞을 봐야 했습니다. 하지만 맹세코, 그 외에는 딴 곳을 보지 않았습니다. 계속 궤짝만 살폈습니다."

"아무리 경공이 뛰어난 무인이라도 잔상이라도 보이지

않습니까? 그런데 이번에는 그 어떤 흔적도 없었습니다. 정말입니다."

그들은 완곡히 주장했다.

"그래서? 귀신이 그랬단 말이야?"

셋은 꿀 먹은 벙어리처럼 입을 다물었다.

추감혁은 손을 부들부들 떨었다.

당장에라도 이 녀석들을 죽이고 싶었다. 하지만 일에는 순서가 있었다.

우선 급한 불부터 끄고, 원인을 파악하고 문제를 해결해야 한다.

그리고 저놈들을 죽여도 된다. 그래도 늦지 않았다.

만약 추감혁에게 이런 인내심이 없었다면, 추신검문은 이 정도로 성장하지 못했을 것이다.

'일단 급한 불부터 끄고 보자.'

지금 상황에 급한 불은 쌀이었다.

쌀을 빨리 사서 약속한 놈들, 특히 관청에 쌀을 납품해야 한다.

'십만 냥만 있으면 되잖아.'

집안의 물건을 팔아도 그 정도 돈은 마련할 수 있었다.

하지만 시간이 너무 촉박했다.

당장 모레까지 돈을 보내달라고 했으니.

"문수야."

"네. 아버님."

"천무당에 갔다 오너라. 금 십만 냥, 아니, 십오만 냥 가져와."

"알겠습니다."

'그래. 그걸로 급한 불부터 끄고, 다음에는…….'

벌컥.

"문주님. 큰일 났습니다."

총관이었다.

그도 얼굴색이 하얗게 질려 있었다.

추감혁은 더 큰 불길함을 느꼈다.

총관이 저런 표정을 지은 적이 거의 없기 때문이다.

"천무당이 털렸습니다."

"뭐, 뭣?"

"아침에 추신검문에서 금을 가지러 갔습니다. 그런데 무사들은 죽었고, 금은 사라졌습니다. 이삼일 전에 죽은 것 같답니다."

"그, 금이, 그 안에 있던 내 금덩이가 전부?"

"네……. 전부 사라졌습니다."

"으아아악."

추감혁은 화가 나서 괴성을 질렀다. 그리고 탁자 위에 있던 물건들을 다 쓸어버렸다.

"도대체 어떤 개새끼야?"

"그게 흔적이 없어서…… 지금 조사 중에 있습니다."

"끄응."

"저어 그리고……."

"뭔데? 또 뭐야!"

총관은 죽을죄를 지은 사람처럼 고개를 푹 숙였다.

"만복당이…… 만복당이 폭발 때문에 무너져 내렸다고 합니다."

"뭐라고?"

털썩.

추감혁이 바닥에 주저앉았다.

천무당까지는 괜찮았다. 아깝긴 하지만, 일 년 안에 똑같은 금액으로 채울 수 있었다.

하지만 만복당은 달랐다.

그 안에는 추감혁의 재산 중 오 할이 들어 있었다. 그만큼 아끼고 귀중한 물건들만 숨겨 놓은 보물창고였다.

심장이 너무 뛰어서 목구멍 밖으로 튀어나올 것 같았다.

"내, 내 보물들은?"

"천만다행으로 물건들은 그대로 있는 것 같습니다. 그저 입구 쪽만 무너졌니다."

"후우우."

그나마 한숨 돌렸다.

입구만 무너졌다면, 파내면 그만이다. 다른 놈이 훔쳐

가지 않았다면, 시간문제였다.

“끄으응. 확실하지?”

“확실합니다.”

“그런데 이유가 뭐야? 멀쩡히 있던 폐광이 갑자기 왜 무너져?”

“정확한 이유는 제가 직접 가서 알아보려 합니다. 잠시 후에, 아니, 지금 당장 출발하겠습니다.”

“아니. 아니야. 잠깐만.”

추감혁은 총관을 잡았다.

뭔가 이상했다.

천무당에서 돈을 꺼내려 했는데, 그곳이 털렸다고 한다. 동시에 만복당까지 무너져 내렸다?

이 모든 일이 우연히 벌어졌다고?

추감혁은 우연을 믿지 않았다.

‘누가 꾸민 짓이다.’

그럴 가능성이 높았다.

그럼 추감혁 본인을 노린다는 뜻일 테고, 상황은 더욱 악화될 수 있었다.

“젠장. 어떤 놈이…….”

진정하자.

이럴 때일수록 차분하게 생각해야 한다.

멀리서 보면 해결법은 간단했다. 십만 냥만 구해서 쌀을 사고, 만복당은 다시 파내면 된다.

'그래도 혹시 모르니, 호위무사 비율을 늘리자. 백무당도 살펴봐야 하고.'

"총관!"

"네. 문주님."

"일단 이곳 호위무사 수를 배로 늘려라. 그리고 지금 가용할 수 있는 금은 얼마나 있지?"

총관은 잠시 생각하더니 대답했다.

"별관에 있는 돈까지 싹싹 끌어모으면, 오만 냥 정도 될 것입니다."

"대륙전장에서 오만 냥 정도는 빌릴 수 있지?"

"가능합니다."

"그럼 지금 가서 오만 냥 빌려. 그래서 추미상단에 십만 냥 보내고, 집안의 물건들 전당포로 가져가서 처리해. 현금화시키란 말이야."

"알겠습니다."

추감혁은 본능적으로 불길함을 느꼈다. 그래서 가능한 돈을 많이 확보하려 했다.

총관이 밖으로 나간 직후였다.

어떤 생각이 머릿속을 스쳐 지나갔다.

달리던 말에 있던 금이 갑자기 사라졌다? 이상한 일은 거기서부터 시작되었다.

'아니야. 더 크게 생각해야 돼.'

생각해 보면 쌀 거래부터 수상했다.

그렇게 많은 쌀이 갑자기 왜 필요했을까? 그것도 적당한 돈으로 유혹하면서, 거절 못 하게 만든 조건으로.

그때부터 일이 꼬였었다.

"문수야. 쌀을 사 갔다는 놈. 그놈부터 조사해 봐야겠다. 용모파기를 그려라. 그리고 배로 실어서 갔지?"

"네넵. 아버님."

"그럼 그 배를 찾아라. 어떤 놈이 쌀을 샀는지, 어디로 가져가는지 철저히 파악해야 돼. 거기부터 시작해야 우릴 노리는 놈을 잡을 수 있겠다.

그러자 추문수는 조심스레 대답했다.

"저어, 아버님. 사실은 누가 샀는지 알고 있습니다."

"뭐? 누군데?"

추문수는 자신 있게 말했다.

"사실 제가 쌀을 넘길 때 계속 물어봤었거든요. 결국 그놈이 정체를 실토하더라고요. 사흑파의 비밀 단주였습니다."

"사, 사흑파. 정말이냐!"

추감혁은 거의 비명을 지르는 듯 소리쳤다. 추문수는 놀라서 대꾸했다.

"네에. 네."

"사흑파라고? 그놈이 제 입으로만 얘기했어? 증거가 있어?”

“분명한 증거가 있었습니다. 명패를 꺼냈는데, 가운데 ‘흑’이란 글자가…….”

추감혁은 눈을 감았다.

그도 사흑파의 비밀단주의 소문을 들었었다. 그리고 그들이 들고 다니는 명패도 알았다.

그걸 가지고 있다면, 사흑파가 분명했다. 그럼 이번 일을 꾸미는 놈들이 사흑파란 뜻이다.

‘큰일이다.’

생각을 끝낸 추감혁은 식은땀이 흘러내렸다.

‘사흑파가 우릴 노리고 있는 거야.’

갑작스럽게 쌀을 크게 주문한 뒤, 빚을 지게 만든다. 그런 뒤 돈을 구하지 못하게 조작하고, 문파를 통째로 꿀꺽 삼킨다.

사흑파 같은 사파들이 자주 쓰는 수법이었다.

그럼 여기서 벗어나려면 어떻게 해야 하나? 무력으로 충돌하거나, 큰돈으로 이겨내야 한다.

‘우선 사흑파와는 무력으로 부딪칠 수 없다. 재력은 이쪽이 많아도 무력은 사흑파가 압도적으로 위야.’

그래서 항상 조심했었다.

웬만하면 사흑파와 부딪치지 않으려 했고, 곤륜파에 끈을 대기도 했다.

'언젠가는 이렇게 될 줄 알았지만, 이런 식으로 갑자기…….'

머릿속이 복잡해졌다.

아니다. 오히려 단순하게 생각하자.

정말 사흑파가 공격한 거라면, 청해 땅에서 그들과 맞설 수 있는 문파는, 오직 곤륜파뿐이다.

'그럼 곤륜파를 끌어들여야 한다.'

그동안 준비해 놓은 끈을 잘 활용해야만 했다.

어느덧 추감혁은 자신을 노리는 범인이 사흑파라고 단정 짓고 있었다.

"총관, 총관 어디 갔어?"

"대륙전장에 간다고 준비하고 있습니다."

"다시 전해. 오만 냥 말고, 빌릴 수 있을 만큼 최대한 많이 빌리라고. 그리고 돌아오는 길에 큰 전당포나 상단에 들러서 땅도 맡기든지, 팔라고 해. 최대한 많이 그리고 빨리."

"알겠습니다."

한 수하가 대답하고 달려갔다. 그런데 다른 수하가 이쪽으로 달려왔다.

"문주님. 큰, 큰일 났습니다."

"또, 또 무슨 일인데? 또 무슨 일이야."

이제는 짜증내기도 지쳤다.

하지만 수하의 보고는 상상을 초월했다.

“조읍에 있던 비단 창고에 불이 나서, 창고가 다 타버렸다고 합니다. 그리고 추신검문 부문주님이 그곳에 계시다가 살해당했다고 연락이…….”

“크윽.”

결국 추감혁은 뒷목을 잡고 쓰러졌다.

“아버님!”

“문주님.”

“의원을 불러라!”

추감혁은 바닥에 쓰러진 채, 중얼거렸다.

“그것만은 안 되는데. 그것만은…… 결국 그것까지…….”

조읍의 비단 창고는 추감혁이 미래를 보고 투자한 새로운 사업이었다.

전 재산의 삼할을 밀어 넣었고, 천축에서 귀한 비단을 구해와서 창고에 가득 채웠다.

지금 그 창고에서 불이 났다는 의미는 재산의 삼할을 잃었다는 의미였다.

그리고 추신검문의 부문주는 무의 중심이었다. 그가 살해당했으면, 추신검문을 이끌 사람이 없었다.

그 말은 추신검문의 추락을 의미했다.

추감혁이 절망하는 모습을 지켜보는 사람이 있었다.

철경이었다.

그는 백무당에 갔다가 방금 도착했다.

그리고 추감혁이 화를 내고, 보고를 받은 후에 쓰러지기까지, 일련의 모습을 즐겁게 감상했었다.

'아직은 부족하지. 추감혁. 가진 것을 다 잃고, 누군가에게 쫓기는 감정도 느껴봐야 하지 않겠어?'

[야. 갔다 왔어.]

진서였다.

그녀가 뒤에서 전음을 보냈다.

[비단 창고에 불만 지르려고 했는데, 이상한 놈이 계속 달라붙어서 말이야. 짜증나서 죽여버렸어.]

추신검문의 부문주를 말하는 것 같았다.

결론적으로 잘된 일이다. 하지만 철경은 내린 지시는 불만 지르라는 것이었다.

철경은 심각하게 말했다.

[불만 지르고 도망칠 수 있었을 텐데? 왜 죽였지?]

[아, 그건…….]

진서는 대답하지 못했다. 그냥 죽이고 싶어서 죽였으니까.

[마지막 경고다. 내 지시에 따르지 않을 거면, 떠나라.]

진서는 가만히 있다가, 한마디 남겼다.

[알았어. 조심할게.]

철경은 그런 그녀를 데리고 밖으로 나갔다.

마침 총관을 발견했다. 그는 마차를 타고 떠나는 중이었다.

[다시 기회를 줄게. 잘 들어.]

[그래.]

[저 남자를 쫓아가. 그는 대륙전장에서 돈을 빌리고, 여러 곳을 들러서 땅과 물건들을 팔 거야. 그걸 끝내고 돌아오는 길에 네가 돈을 뺏어.]

[죽여도 돼?]

이 여자는 살인을 못 해 죽은 귀신이라도 씐 걸까?

계속 죽이고 싶어 했다.

철경은 고개를 저었다.

[말했듯이 이건 기회를 주는 거야. 돈만 가져와.]

[알겠어.]

진서는 어깨를 축 늘어뜨린 채, 총관을 쫓아갔다.

철경은 거기까지 본 뒤, 다시 내전으로 돌아갔다. 아직 할 일이 남았다.

3장

추감혁은 정신을 차렸다.

그는 목을 붙잡으며 일어섰다. 그리고 아들을 불렀다.

"문수야."

"네. 아버님."

"곤륜파에 연락을 넣어라. 사흑파가 우리를 노리고 있으니 도와달라고 해."

"알겠습니다."

"누구에게 연락하는지 알지?"

"네. 진이와 호금구 장로에게 같이 보내겠습니다."

"그래."

곤륜파에 많은 돈을 기부하면서, 둘째 아들을 찔러 넣었다.

다행히 무에 재능이 있어, '도진'이란 도명을 받고 일대 제자까지 되었다.

그리고 호금구 장로는 곤륜파 도사 중에 유일하게 돈을 밝히는 도인이었다.

그래서 뇌물을 주면서 구워삶았었다.

'그래. 그 둘이 힘을 써준다면, 지원군을 보내줄 거야.'

추감혁은 억지로 몸을 일으켰다.

"나가야겠다. 마차를 준비시켜라."

"지금요? 몸도 안 좋으신데요?"

추문수가 그를 부축하면서 물었다.

"곤륜파는 여기까지 오는 데 시간이 걸린다. 그때까지 대비를 해야 돼."

"어떻게 하시려고요?"

"흑점과 혈노비를 만나야겠다."

"네? 그런 놈들까지 만나야 합니까?"

흑점은 아편을 생산, 유통하는 흑도였다. 그리고 혈노비는 청해에서 유명한 낭인대지만, 질이 안 좋았다.

예전에 함께 일했지만, 한동안 연락하지 않았었다.

추문수가 아버지를 말렸다.

"연락을 끊은 지 벌써 삼 년이 넘었습니다. 그런데 굳이 다시 찾아갈 필요가……."

"이 한심한 놈아. 돌아가는 꼴을 보면 모르겠냐? 자칫하면 우리 추신검문이 멸문할 수도 있어."

"네? 그…… 정도인가요?"

추문수는 잘 모르겠다는 듯 되물었다.

추감혁은 그런 아들이 답답해서 가슴을 쳤다.

사흑파가 작업을 걸어오고 있는데, 어떻게 그걸 모를 수 있단 말인가?

한 걸음만 잘못 디뎌도, 바로 나락으로 떨어지는데.

"어이구. 이 멍청한 놈. 잔말 말고 내가 시키는 대로 해라. 알겠느냐?"

"네에."

추감혁은 아들을 한심한 듯 쳐다보다가, 포기했다. 그것보다 서둘러 옷을 입었다.

'저놈은 나중에 생각해. 일단은 급한 불부터 꺼야지.'

철경은 멀리서 그런 추감혁을 지켜보고 있었다. 그리고 마차를 타는 걸 보고, 따라갔다.

그전에 아들 추문수가 전서구 수십 마리를 보내는 것도 봤다. 하지만 크게 신경 쓰지 않았다.

곤륜파는 천리가 넘는 곳에 있었다.

지금 출발해도 최소 한 달이 걸릴 텐데, 그때는 모든 상황이 끝날 것이다.

추감혁의 마차는 이십 리를 넘게 달렸다. 지금 같은 상황에 꽤 멀리까지 나온 셈이다.

마차는 작은 마을의 허름한 객잔 앞에서 멈추었다.

추감혁은 혼자 안으로 들어갔다.

노인 한 명이 그를 반겼다. 어찌나 나이가 많은지, 이빨이 거의 다 빠지고, 얼굴에 검버섯이 가득한 인물이었다.

"흘흘. 추 문주님. 오랜만에 오셨군요. 백설미를 준비해드릴까요?"

"아니야. 오늘은 점주를 만나러 왔네."

"알겠습니다. 전해드리겠습니다. 잠시만 기다려 주십시오."

추감혁은 의자에 앉아, 일각을 기다렸다.

잠시 후, 노인이 그를 불렀다. 그리고 두 사람은 지하실로 내려갔다.

좁고 어두운 통로를 지나, 작은 방으로 들어갔다. 그곳에는 한쪽 얼굴이 화상으로 일그러진 중년인이 앉아 있었다.

"호오. 추신검문의 문주님께서 어쩐 일입니까? 안 오셔서 저희와 연을 끊으시려는 줄 알았습니다."

살짝 비꼬는 말투였다.

평소라면 받아쳤을 테지만, 오늘은 추감혁이 웃으며 대꾸했다.

"하하. 요즘 공사가 다망하여 정신이 없었소. 내가 어찌 대륙 최고의 상점, 흑점을 무시할 수 있겠소."

흑점은 어둠의 상인으로 불린다.

무가지보의 보물부터 노예나, 아편, 무엇이든 팔았다.

그중 불법적인 것이 더 많았고, 뒷세계에서는 중원 삼대 거부보다 돈이 많다고 알려졌다.

하지만 최근 성향이 달라졌다.

온갖 물건을 취급하는 대신, 이문이 많이 남는 특정 물건만 팔았다.

대표적인 상품이 아편이다.

지금 중원에서 거래되는 아편 중 팔 할이 흑점의 손을 거친다는 말이 돌 정도였다. 때문에 현 황실에서 그들을 노리고 있다는 소문도 있었고,

그래서 추감혁도 흑점과 거래를 끊으려 했었다. 언젠가는 사달이 날 것 같았으니까.

하지만 지금은 예외였다.

이번을 잘 넘기지 못하면, 흑점보다 먼저 망할 수도 있었다.

"사과의 뜻으로 매출을 좀 올려주겠네."

"호오. 그래요?"

"내가 언제 빈말하던가?"

"그러잖아도 어젯밤 최고급 백설미(아편)가 들어오긴 했습니다만……. 가격은 조금 비싸지요. 하지만 그만큼 효과는 보장합니다. 딱 두 배 좋은 물건이라 보시면 됩니다. 어때요? 가져가셔서 판매해 보시겠습니까?"

추감혁은 쓴웃음을 지었다.

"하하. 그 물건은 나중에 대량으로 사 가겠네. 실은 그것보다 다른 걸 사러 왔어."

"매출을 올려주고 싶으시면, 백설미가 가장 좋은데."

"세상에서 이윤이 남는 장사가 그것뿐인가? 오히려 돈 놓고 돈 먹는 장사가 최고지."

"??"

잠시 후, 점주도 추감혁의 의도를 깨달았다. 그리고 놀란 얼굴로 쳐다봤다.

"내일은 서쪽에서 해가 뜨겠군요. 청해 제일의 부자께서 저희에게 돈을 빌리려 오셨다니."

"하하하. 알다시피 내 재산이 대부분 부동산 아닌가? 갑자기 돈을 쓸데가 생겼는데, 현금화하는 데 시간이 걸려서 말이야."

"얼마나 필요하십니까?"

"얼마나 빌려줄 수 있나?"

추감혁은 되물었다. 그 말에 점주는 피식 웃었다.

"원하시면 백만 냥이라도 드릴 수 있습니다. 하지만 금액이 클수록 이자가 비쌉니다."

"당연하지. 그럼 백만 냥을 빌리세. 이자는 달라는 대로 주겠네."

'왜 이러지? 이 구두쇠 영감이?'

평소에는 은 한 냥 아끼려고 싸움까지 마다치 않는다.

그런 추감혁이 이자를 원하는 대로 주겠다고?

점주는 이상함을 느꼈다.

그런데 아직 끝나지 않았다.

"아, 그리고 빌려주는 김에 무혼대도 파견해 줄 수 있겠나? 며칠이면 되네."

"호오. 무혼대까지요?"

무혼대는 흑점의 무력대였다.

흑점은 불법을 자행하고, 무림인을 상대하는 경우가 많았다. 그래서 자체적으로 강한 무력대를 만들었는데, 대문파와 견주어 손색이 없다는 평을 받았다.

그리고 무엇이든 사고파는 흑점답게, 무력대 역시 돈을 주고 빌려주었다.

"정말 무슨 일이 있나 보군요."

"휴우. 어차피 며칠 후면 알게 될 테니까, 솔직하게 말하겠네. 요즘 우리 추신검문을 노리는 무리가 있어. 생각보다 규모가 있는 것 같아, 급하게 대비를 하는 것이네."

추감혁은 제일 중요한 '사흑파'란 말은 하지 않았다. 그것 빼고 최근 겪은 일을 알려주었다.

"호오. 확실히 분위가 심상치 않군요."

"그래서 마음이 급하다네. 하지만 우리 추신검문을 알고 있지? 이런 일로 귀찮을지언정, 무너질 리 없어. 그러니 도와주게. 이번 위기만 잘 넘기면, 점주의 은혜는 결코 잊지 않겠네."

"후후. 당연하죠. 여부가 있겠습니까?"

점주는 빙그레 웃었다.

그도 이 지역에 오래 있었고, 추신검문에 대해 누구보다 잘 알았다.

평소에도 적이 많았다.

그래서 공격, 습격 등 끊임없이 받았지만, 추신검문은 살아남았다. 그 이유는 추감혁의 빠른 눈치와 행동력, 그리고 추신검문의 재력 덕분이었다.

이번에도 괜찮을 거라, 믿고 있었다. 그래서 제대로 뜯어낼 생각이다.

'흐음. 그래도 모르니, 조사를 조금 해볼까?'

돌다리도 두들겨 보고 건너야지.

점주는 추감혁에게 말했다.

"문주님. 죄송하지만, 두 시진만 기다려 주시겠습니까? 백만 냥 이상의 금액을 사용할 시, 본단에 보고를 하게 되어 있거든요. 그 후에 돈과 무혼대를 내어드리겠습니다."

"그렇게 하지. 잘 부탁하네."

물론 보고는 할 것이다.

하지만 그것보다 추신검문에 대해 조사를 진행하려 했다. 추감혁의 말이 사실인지 진위 여부를 가릴 생각이다.

무영문만큼은 아니지만, 흑점도 곳곳에 눈과 귀가 깔려

있었다.

반면 추감혁도 이 정도는 예상하고 있었다.

'겨우 두 시진 정도로, 사흑파의 이름까지 밝혀낼 순 없을 거다.'

혹여나 나중에 사흑파가 추신검문을 노리고 있다는 걸 알아내도 괜찮았다.

그때쯤이면 곤륜파의 무인들이 도착할 테니까.

흑점과 사흑파가 서로 싸우다 양패구상하면 더 좋고.

그렇게 서로 다른 생각을 가진 채, 두 시진이 흘렀다.

흑점은 추신검문에 대해 조사했고, 추감혁의 말이 사실인 걸 깨달았다.

그래서 돈 백만 냥과 무혼대 오개조를 빌려주었다. 이자는 사 할 대였고, 무력대의 금액 역시 시중가의 두 배였다.

그래도 추감혁은 웃었다.

"하하하. 정말 고맙네."

"저야말로 감사합니다. 살펴 가십시오."

벌써 해가 지고 있었다.

하지만 추감혁은 가야 할 곳이 또 있었다.

그는 낭인객잔으로 향했고, 미리 약속이 되어 있었는지 한 사람이 기다리고 있었다.

왼쪽 눈에 안대를 하고 있는 외눈박이였다. 그리고 입가에 길게 검상이 있어 잔혹하게 보였다.

눈빛은 날카로웠고, 오랜만에 만난 사이인데도 마치 잡아먹을 듯이 쳐다봤다.

그는 '혈노비'란 낭인대의 대주, 허조연이었다.

"흐흐. 삼 년 만에 찾아오셨군요. 추 문주님."

"흠흠. 그동안 잘 지냈소?"

"우리가 길게 인사할 사이는 아니고, 빨리 본론으로 넘어갑시다. 무슨 일 때문에 오셨소?"

사실 삼 년 전만 해도 이틀에 한 번꼴로 자주 만났었다. 그만큼 추감혁은 일거리를 많이 주었고, 허조연은 깔끔하게 일을 처리했었다.

하지만 혈노비의 성향이 문제였다.

대주인 허조연부터 소속된 낭인들까지 잔인하기로 유명했다.

미친놈들이 많았고, 피를 보는 것을 즐겼다. 그래서 쓸데없이 일을 키웠고, 그것 때문에 곤란한 적도 한두 번이 아니었다. 그래서 추감혁은 그들을 정리했었다.

'하지만 지금은 그런 걸 가릴 형편이 아니지.'

허조연이 비난해도 추감혁은 웃었다.

"하하. 왜 왔겠는가? 당연히 일 때문이지."

"일이라……."

"기존에 주던 비용의 두 배를 지불하지. 앞으로 두 달 정도만 나를, 아니 우리 추신검문을 도와주게."

“호오. 두 배라…… 왠지 위험한 일인 것 같은데.”

“위험할수록 비싼 법이지.”

그 말에 허조연은 이빨을 드러내며 웃었다.

“흐흐흐. 맞는 말이긴 하지. 그래서 몇 명 필요하시오?”

“가능한 전부.”

“재미있군.”

추감혁은 자신의 사정을 간단히 설명했다. 역시 사흑파에 대해서는 말하지 않았다.

철경은 두 사람이 만나는 모습을 창밖에서 지켜보고 있었다.

그는 허조연의 모습을 보고, 주먹을 움켜쥐었다.

‘찾았다. 사냥개.’

저놈이었다.

어린 시절, 추감혁에게 의뢰를 받고 우리 가족을 끈질기게 쫓아왔던 사냥개들.

그들 중에 허조연이 있었다.

사실 당시의 기억은 거의 없다.

막내가 죽은 터라 반쯤 정신이 나간 상태였고, 가족들을 따라다니기 바빴었다.

그래서 누가 쫓아왔는지, 어떻게 죽었는지 거의 생각나지 않는다.

그래도 단 한 명은 또렷이 기억났다.

외눈에다가 입가에 흉터가 있던 남자.

셋째 형의 목을 베어낸 인물이다. 비릿하게 웃으면서 일부러 칼을 흔들었다.

더 고통스럽게, 더 천천히 죽이려는 의도였다.

덕분에 셋째 형은 비명을 지르지도 못하고, 일각 동안 괴로워했었다.

그때 기억이 떠오르자, 당장 가서 머리통을 박살 내고 싶었다.

하지만 꾹 참았다.

'그러잖아도 추감혁을 먼저 끝내고 허조연을 찾아갈 생각이었는데. 잘됐군.'

허조연의 목소리가 들렸다.

"사흘만 기다려 주시오. 우리 혈노비 오십이 명을 다 모을 수 있으니까. 그때 추신검문으로 가겠소."

"좋아. 기다리고 있지."

'좋아. 나 역시 그때를 기다리지.'

철경도 이를 악물었다.

이번 기회에 혈노비를 모두 죽일 기회였다. 그들을 모아준다면, 오히려 기뻐할 일이었다.

추감혁은 추신검문으로 돌아갔다. 그리고 철경은 그를 따라가지 않았다.

철경이 향한 곳은 오후에 추감혁이 방문했던 흑점이었다.

추감혁이 두 시진 동안 머무는 동안, 철경은 가만있지 않았다.

흑점내부를 돌아다니며, 그곳을 조사했다. 그리고 정말 쓰레기 같은 곳이라는 걸 깨달았다.

들어가는 곳은 객잔이지만, 주변 일대가 전부 흑점이었다. 객잔 양옆의 건물과 앞뒤 건물까지 전부 흑점 소속이었다.

특히 뒤쪽에는 커다란 집과 건물이 다섯 채가 있는데, 전부 창고로 사용했다.

그중에서 아편 창고가 있었다.

대량으로 들어온 아편을 보관했고, 옆의 창고에서는 그것을 소분하여 판매하고 있었다.

또 아편을 누워서 즐기는 공간도 있었다.

지하에 백 명이 넘는 사람들이 누워서 천장만 바라보고 있었다.

완전히 풀린 눈으로, 입가에는 침을 뚝뚝 흘리며 쾌락에 몸을 맡겼다. 그리고 한쪽에서는 돈이 없어서 두들겨 맞는 이도 있고, 그래도 아편을 달라고 울면서 매달리는 이도 있었다.

그들은 모두 폐인이었고, 여긴 폐인을 양성하는 장소였다.

'계획을 바꾸어야겠어.'

본래 철경은 겁만 주려 했었다.

사흑파인 척 찾아와서 이곳을 엎어버리고, 다시는 추신검문을 도와주지 말라고 엄포를 놓으려 했다.

하지만 생각이 바뀌었다.

'이런 쓰레기 같은 곳은, 없어져야지.'

딱히 정도나 정의를 위해서가 아니었다.

그냥 꼴 보기 싫었다.

아편을 하는 놈도 싫었고, 이런 한심한 물건을 만들고, 유통하는 놈들은 더욱 짜증 났다.

사람들을 폐인으로 만들며, 돈을 벌면 기분 좋은가?

남에게 피해 주면서 살면 편안한가 말이다.

콰아앙.

'그럼 너희도 느껴봐야지. 처참한 기분을.'

객잔이 한 방에 무너져 내렸다.

이어서 뒤쪽 창고와 옆의 건물까지 순식간에 주저앉았다. 그리고 불을 질렀다.

"으아악."

"습격이다."

"살려줘."

"아편 창고에 불이 났다. 불을 꺼!"

우당탕탕.

점주까지 금방 소식이 전해졌다.

"점주님. 적이 쳐들어왔습니다."

"누구냐! 관청이야? 몇 명인데?"

"그게, 하, 한 놈입니다."

"한 놈?

"그리고 가면을 썼습니다."

"가면은 또 뭔데?"

퍼억.

우르르르.

그는 대답을 듣지 못했다.

뒤쪽 벽이 무너지면서 보고를 하던 수하가 즉사한 것이다.

"점주님을 보호해라."

"막아라."

호위대가 점주를 감쌌다.

흑점의 점주는 무공 순으로 뽑지 않는다. 장사를 잘하는 이를 점주에 앉혔고, 그를 보호할 특별 호위대를 붙여주었다.

그런데 그런 호위대가 맥을 못 추고 있다.

단 한 사람을 막지 못해, 순식간에 바로 앞까지 뚫렸다.

부웅.

사람보다 큰 검이 바로 위에서 떨어졌다.

너무 놀란 점주는 꼼짝도 못 했고, 숨까지 멈추었다.

까깡.

콰드득.

커헉.

호위대들이 몸을 날리며 앞을 막았다.

다른 무사들까지 수십 명이 달려들었고, 점주를 데리고 도망쳤다.

점주는 끌려가면서 보았다.

압도적인 기백으로 침입자는 따라오고 있었다.

막아도 소용없었다. 막으면 부서졌고, 부딪치면 튕겨 나갔다.

과거 만부부당(萬夫不當)이라 불리던 관우와 장비가 저러했을까?

수십 명에게 둘러싸였지만, 도륙당하는 건, 호위대였다. 누구도 막을 수 없고, 일초지적도 되지 않았다.

어디서 저런 괴물이 나타났단 말인가?

"씨발. 하필이면 무혼대가 없을 때……."

수하들 중 누군가 소리쳤다.

그제야 점주의 머리가 돌아갔다. 그러고 보니 이상했다.

오늘 추신검문에게 무혼대를 빌려주었다. 그런데 하필

이면 오늘 적이 쳐들어오다니.

본단에 오늘 일을 보고했고, 내일 새벽에 새로운 무흔내가 도착하기로 했는데.

절묘하게 지금, 적이 쳐들어온 것이다.

'마치 짜고 친 것 같잖아.'

점주는 이 상황이 의심스러웠다.

"후퇴다. 후퇴한다. 그리고 추신검문으로 가자."

그곳에 무흔대가 있으니, 일단 그쪽으로 간다. 그리고 추신검문의 문주에게 따질 생각이었다.

하지만 그것도 쉽지 않았다.

침입자는 끈질기게 따라붙었고, 흑점의 무사들을 반으로 갈라 버렸다.

거의 전멸에 가까운 희생을 하면서 겨우 떨쳐낼 수 있었다.

점주는 분노와 모멸감을 느끼며 부들부들 떨었다. 그리고 멀리서 거한의 목소리가 들렸다.

"다시는 추신검문을 도와주지 마라! 이것은 경고다."

그리고 그는 몸을 돌려 흑점의 창고로 돌아갔다. 불길이 크게 일렁였고, 멀리서도 잘 보였다.

'끄으으. 망했다. 우리 지점은 망했어.'

저기에는 만 냥이 넘는 금이 있다. 하지만 그게 문제가 아니었다.

창고 가득히 아편이 있었고, 수백만 냥의 값어치였다.

게다가 그동안 돈을 빌려주고, 받아야 할 장부도 그곳에 있었다.

값을 매길 수 없는 물건들이다.

이제 저것들이 재로 변했으니, 그냥 죽을 수도 없다. 본단의 귀에 들어가면, 점주는 고문을 받다가 가족과 함께 죽어야 한다.

'일단, 저놈이 누군지 알아내야 해.'

하얀 가면을 쓴 거한.

분명 추신검문과 연관이 있을 것이다. 점주는 확신했다. 그는 가능한 빨리 추신검문으로 달려갔다.

철경은 멀리서 그 모습을 바라보았다.

사실 마음만 먹으면, 점주를 죽일 수도 있었다.

하지만 그러지 않았다.

점주는 살아남아야 추감혁에게 갈 테고, 빌려주었던 돈과 무력대를 회수해 갈 테니까.

'그리고 소문까지 퍼뜨려 주면 더욱 좋지.'

대신 아편은 모두 없앴다. 마지막 한 톨까지 찾아서 전부 태워 버렸다.

그리고 추신검문으로 향했다.

예상대로 추신검문에서는 한차례 소란이 벌어졌다.

"추 문주! 어디 있소? 추감혁 문주!"

흑점의 점주는 고래고래 소릴 질렀고, 추감혁이 나타났다. 어리둥절한 얼굴로 물었다.

"흑점의 점주 아닌가? 갑자기 무슨 일인가?"

점주는 씩씩거리며 물었다.

"솔직히 말하시오. 요즘 누구와 싸우고 있는 거요?"

"이 사람아. 처음부터 차근차근 말을 해야지. 이런 식으로 화를 내면, 무슨 대화를 하겠나?"

"당신이 가고, 괴물 같은 거한이 난입했소."

"거한?"

"십 척이 넘는 검을 들고, 우리 애들 수백 명을 죽였소. 그리고 아편 창고도 태우고…… 아무튼 이제 어쩔 거요?"

추감혁 뒤에 있던 추문수는 거한이란 말에 표정이 변했다.

하지만 추감혁은 표정 변화 없이, 모른 척 잡아뗐다.

"흑점에 괴한이 침입한 건 참으로 안타깝네. 그런데 왜 이곳까지 와서 우리 탓을 하는 건가? 우리 잘못이 아니잖아."

점주는 그 말에 비웃으며 이유를 설명했다.

"우리 무혼대를 오늘 당신에게 빌려주었지. 그리고 내일 새벽에 새로운 무혼대가 오기로 했소. 그런데 하필 오늘

오후에 괴한이 침입했단 말이오. 참으로 절묘하지 않소?"

"그거야 우연이 겹치면 그럴 수도……."

"그리고 그놈이 그러더이다. 추신검문 근처로 가지 말라고. 우리 애들도 다 들은 내용이오."

"으음."

추신검문을 언급했다면, 발뺌하기 곤란했다.

게다가 점주는 뒤에 있는 추문수의 표정을 보고, 확신했다.

"어서 말하시오. 추 문주. 요즘 누구랑 싸우고 있는 거요."

"흐음. 그것이……."

"참고로 말하지 않겠다면, 나도 가만있지 않겠소."

점주가 소리쳤다.

"무혼대는 검을 뽑아라!"

"네엡."

채앵.

추감혁 뒤에 있던 무혼대 백 명이 일제히 검을 뽑았다.

그리고 추감혁을 비롯해 추신검문의 사람들을 향해 겨누었다.

그럼에도 불구하고 추감혁은 입을 다물고 있었다.

앞으로의 한마디가 무척 중요했기 때문이다.

'잘못하면, 흑점까지 적으로 돌릴 수 있다.'

어떤 식으로 말을 할지, 어떻게 말을 해야 이쪽의 잘못을 줄이고, 같은 편으로 만들 수 있을지 무척 고민했다.

"X발. 한번 해보자는 말이군. 좋소. 무혼대는 추신검문을 공격……."

"잠깐만!"

추문수였다.

그가 답답함을 이기지 못하고 끼어들었다.

"아버님. 차라리 잘됐습니다. 이번 기회에 사실대로 말하고 흑점과 같이 싸우는 겁니다. 제아무리 사흑파라도……."

"문수야! 입 다물어라."

"괜찮습니다. 제아무리 사흑파라도 흑점과 함께라면 이길 수 있습니다."

추문수는 그 자리에서 사흑파를 언급해 버렸다.

그러자 점주의 낯빛이 변했다.

그는 멍하니 서서 중얼거렸다.

"그래. 하얀 가면. 사흑파의 비밀 단주가 가면을 쓴다고 했던 적이 있어."

추감혁은 머리를 부여잡았고, 추문수는 점주를 설득하려 애썼다.

"점주님. 사흑파가 청해 제일이라지만, 흑점은 전국을 아우르는 대문파 아닙니까? 우리 추신검문과 함께라면 그들을 꺾을 수 있습니다."

추문수는 일부러 자신 있게 소리쳤다. 하지만 점주는 오히려 그런 그를 비웃었다.

"푸흐흐. 추신검문의 소문주는 현실을 모르고 있군요."

"뭐, 뭐라고요?"

점주는 추문수는 무시하고, 추감혁에게 말했다.

"우리 흑점은 추신검문 일에 빠지겠소. 무혼대는 내가 데려가고, 돈 백만 냥도 당장 돌려주시오."

그러자 추감혁이 굳은 목소리로 대꾸했다.

"그건 아니지. 우린 계약을 했고, 내가 돈을 주고 빌렸잖아. 이렇게 막무가내로……."

"추신검문은 우리에게 사실대로 공지해 주지 않았소. 따라서 그쪽 잘못으로 계약 파기요."

"그런 법이 어디 있나?"

"흥. 무림에서 법 따위를 논하고 싶은 거요?"

"그래도……."

점주는 단호하게 소리쳤다.

"더는 할 말 없소. 만약 돌려주지 않으면, 추신검문은 우리 흑점과도 싸워야 할 거요."

추감혁은 눈을 감아버렸다.

상황은 파국으로 치달았다.

결국 흑점의 돈은 모두 돌려주었다. 그리고 점주는 무혼대를 이끌고, 추신검문을 떠나버렸다.

추문수는 어리둥절하여 그 모습을 바라보았다. 그는 아

버지인 추감혁의 눈치를 봤다.

"아, 아버님. 저는 일이 이렇게 될 줄은……."

"이 멍청한 놈아. 누누이 얘기하지 않았느냐? 청해에서 사흑파의 위치는 압도적이라고. 흑점이 아무리 크다고 한들 청해에서 그들과 전면전을 할 것 같으냐? 득보다 실이 훨씬 많을 텐데."

"하지만 오늘 그렇게 당했으니, 당연히 복수할 줄 알고……."

"흑점은 무림의 방파가 아니라 상인에 가깝다. 손해를 입더라도 전면전을 피하고, 자기들의 방식으로 복수를 한다, 이 말이다."

추감혁은 버럭 소릴 질렀다.

평소라면 이미 끝난 일이니 넘어갈 수 있었다. 하지만 이번에는 얼마나 화를 내는지 추문수는 숨도 쉬질 못했다.

그만큼 추감혁은 화가 났고, 그 화를 주체하지 못했다. 그리고 털썩 주저앉았다.

"이놈아. 이제 앞으로가 더 큰 일이다. 저놈의 점주가 그냥 갈 리 없어. 분명 소문을 퍼뜨릴 거야. 이제 우리 편은 없는 거야."

추감혁의 우려는 현실이 되었다.

사흑파가 추신검문을 노린다는 소문이 퍼졌고, 많은 사람들이 추신검문을 찾아왔다.

가장 먼저 찾아온 사람은 추미상단의 만득선 단주였다.

그는 울상이 된 얼굴로 소리쳤다.

"문주님. 이제 추미상단은 망했습니다."

"후우. 무슨 소린가?"

추감혁은 피곤한 얼굴로 물었다.

"왜 돈 십만 냥을 안 보내주셨습니까? 쌀을 못 사서, 약속된 거래를 지키지 못했습니다. 벌써 몇몇은 관청에 저희를 신고했고, 피해보상액을 내놓으라고 난립니다. 금액으로 따지면 세 배가 넘습니다. 그리고 다른 상단들도 다시는 저희와 거래를 안 하겠다고 선언했습니다."

"으음."

"제일 큰 문제는 관청입니다. 군납으로 반드시 나가야 할 쌀인데, 지키지 못했으니까요. 책임자는 관청으로 끌려갈 것 같아서 지금 도주하는 중입니다. 어쩌면 문주님까지 관청에 불려 갈 수 있으니 조심하십시오."

그리고 본인은 서둘러 달아났다.

아니나 다를까 곧바로 관청에서 관리가 찾아왔다.

"추 문주 있는가?"

"하하. 어서 오십시오. 나리."

추감혁은 허리까지 숙이며, 그를 맞이했다.

다행히 집에 돈은 없지만, 귀한 보물은 있었다. 손에 잡히는 대로 몇 개씩 집어주면서 겨우 돌려보냈다.

하지만 그게 시작이었다.

다른 상인들이 물밀듯 밀려왔다.

"문주님. 사실입니까? 사흑파와 전쟁을 벌이신다고요?"

"어쩌다 그런 무모한 결정을 하셨습니까?"

"저어, 죄송합니다만, 문주님. 다음 달의 약속은 미뤄야 할 것 같아서."

"미안하지만, 큰 아드님과 제 딸의 혼인은 없었던 일로……."

"거기, 지난번에 빌려 줬던 돈을 빨리 갚아주셨으면 합니다. 가능한 지금 당장……."

평소에는 온갖 아부를 떨든 사람들이 쌍심지를 켜고 달려들었다. 그리고 어떻게든 연을 끊으려고 애를 쓰는 것 같았다.

몇 차례의 폭풍이 지나갔다.

추문수는 억울한지, 그런 상인들을 욕했다.

"저런 썩을 것들이. 우리 앞에 무릎 꿇고 빌 때는 언제고, 이제 와서 배신을……."

"그게 인간이다."

"하지만 아버님."

"정신 차려라. 문수야. 이제 우릴 도와줄 우군은 어디에도 없다. 우리끼리 이 위기를 헤쳐 나가야 해."

"네에."

하지만 상황은 더욱 악화되었다.

하룻밤이 지나고, 밤사이에 추신검문의 무사들이 달아난 것이다.

"어젯밤에 서른 명이나 달아났다고 합니다."

"겁쟁이 놈들이다. 신경 쓰지 마라."

"하지만 아버님. 인원이 너무 빠져서 경비를 서기 힘들 정도입니다. 도와줄 곳도 없고, 자금까지 막혀 있지 않습니까?"

"아직 혈노비가 남아 있다. 무력은 그들로 채우면 돼. 그리고 자금은 걱정 마라. 총관이 대륙전장에서 돈을 빌려올 테니. 땅문서도 팔아오라고 했으니……."

"아버님. 그게……."

"그러고 보니 총관 이 새끼는 어디 있느냐? 왜 보고를 안 하는 거야?"

추감혁은 화를 내며 소리쳤다.

그런데 추문수는 공감하는 대신, 얼굴이 딱딱하게 굳었다.

그는 추감혁에게 조심스럽게 말을 건넸다.

"아버님. 사실은…… 총관에게 문제가 생겼습니다."

"무슨 말이냐?"

“아침에 관청에서 또 찾아왔는데, 총관이…… 죽은 채로 발견되었답니다.”

“뭣!”

겨우 평정심을 유지하던 추감혁이 벌떡 일어났다.

“그럼 돈은? 돈은 가지고 있더냐? 언제 시체가 발견되었는데?”

“새벽에 들판에서 발견되었고요. 아, 누구에게 살해당한 건 아니랍니다. 도망치다가 넘어졌는데, 하필이면, 바위에 머리를 부딪친 것 같다 하더군요.”

“아니, 그놈 상태 말고, 돈 말이야. 돈!”

“네에. 아무것도 가진 것이 없다고 했습니다.”

털썩.

결국 추감혁은 바닥에 주저앉았다.

“아버님.”

“무시무시하구나. 정말 무서워. 내 소문은 들었지만, 사흑파가 이렇게까지 집요할 줄이야.”

그는 이 모든 일의 원흉을 사흑파라 단정 짓고 있었다.

추문수도 멍한 얼굴로 물었다.

“이제 우리 집안은 정말 끝난 겁니까?”

“아직 만복당이 남아 있지만…… 모르겠다. 그곳을 파낼 때까지 사흑파 놈들이 가만히 있을지. 이렇게까지 손발을 묶어놓고, 옥죄어 오는데…… 그때까지 버틸 수 있을지 모르겠구나."

처음으로 느낀 절망감이었다.

며칠 전만 해도 무서운 것이 없는 세상이었는데, 지금은 세상이 두려웠다.

금방이라도 검을 들고 거한이 들어올 것 같았고, 목을 내리칠 것 같았다.

'내가, 우리 추신검문이 이렇게까지 무너질 줄이야.'

두 사람이 절망감을 젖어 있을 때, 수하의 목소리가 들렸다.

"문주님. 손님이 오셨습니다."

추감혁은 그 말에 몸을 추스르고, 밖으로 나갔다.

혈노비 낭인 오십여 명이 기다리고 있었다.

약간의 희망을 느끼고, 그들을 반겼다.

"드디어 오셨구만."

"약속은 지키려고 왔소."

"다행이오. 다행이야."

그런데 단주인 허조연의 표정이 이상했다.

"그런데 오다 보니, 이상한 소문을 들었습니다. 사흑파가 추신검문을 노리고 있다고요?"

"흠흠. 허 단주. 내 솔직히 말하겠네. 분명 사흑파가 우리를 괴롭히는 정황은 있어. 하지만 단지 그것뿐이야. 솔직히 정말 사흑파가 마음먹었다면, 진즉에 우린 끝난 것 아니겠나?"

"그건 그렇죠."

"곤륜파 알지? 사흑파의 유일한 대항마 아닌가? 그쪽에 끈이 있고, 벌써 연락을 취했다네. 조금만 기다리면 그들이 올 테니……."

"하하하. 추 문주님. 그때까지 기다릴 수 있겠소? 막말로 지금 당장 사흑파가 나타날 수 있는데."

"그것도 그렇군. 그럼 차라리 우리가 곤륜파 쪽으로 움직이는 게……."

추감혁은 말을 멈추었다.

허조연의 표정을 본 것이다.

그는 웃고 있었다. 긍정의 뜻이 아니라, 비웃고 있었다.

그제야 허조연이 여기까지 온 이유를 알 수 있었다.

그는 도와주러 온 것이 아니다.

예전에 추감혁이 허조연을 멀리했듯, 지금은 반대로 되갚아주러 온 것이다. 약간의 희망을 주었다가, 완벽하게 외면해 버리는 모습.

그걸 기대하고 있었다.

추감혁은 상상도 못 할 만큼, 크게 비참했다.

고개를 떨구고 있는 추감혁을 보면서 허조연은 크게 웃었다.

"푸하하하. 천하의 추 문주님 얼굴이 정말 볼만하군요."

"네가 이런 식으로 나온다? 이 말이지."

"흐흐흐."

"두고 보자."

"그럽시다. 만약 그쪽이 살아남을 수 있다면."

그 말이 끝이었다.

허조연은 크게 비웃고, 돌아섰다.

"얘들아. 가자."

"네에."

"크흐흐. 꼴 좋구나."

"영원할 줄 알았나 보지?"

"했던 만큼 당한 거야."

혈노비 낭인들도 한 명씩 추감혁을 욕하면서 돌아섰다. 추감혁은 그 굴욕감에 차마 고개를 들지 못했다.

눈물이 나올 뻔한 것을 꾹 참고 있었다.

그래서 보지 못했다.

낭인들 뒤에 솟아오른 큰 검을.

부우우웅.

서걱.

파공음이 들리더니, 붉은 피가 사방에 튀었다.

"으아아악."

싸움에 익숙한 낭인들이지만, 아무도 대응하지 못했다.

그만큼 검은 갑자기 나타났고, 소름 끼치게 빨랐다.

그리고 검의 주인은 온몸에 살기를 흘리며, 낭인들을 도륙 내기 시작했다.

부웅. 붕.

서걱. 서걱.

콰직.

"크흑."

검은 사람 키보다 길었고, 일격에 잘려 나갈 만큼 강력했다.

검이 휩쓴 뒤에는 머리통만큼 큰 주먹이 따랐고, 바람에 휩쓸리는 낙엽처럼 쓰러졌다.

순식간에 스무 명이 목숨을 잃었다.

콰앙.

처음으로 그의 검이 막혔다.

허조연이 자신의 도로 막은 것이다. 잔뜩 인상을 쓰면서 낭인들에게 소리쳤다.

"이 멍청한 것들아. 호방진을 펼쳐!"

그제야 낭인들도 무기를 들고, 남자를 포위했다. 호방진은 거대한 호랑이를 잡는 혈노비의 진법이었다.

각자의 위치에서 깊게 들어가지 않고, 가볍게 공격한다. 그래서 이쪽으로 덤비면 후퇴하고, 반대쪽에서 찌르는 일종의 몰이사냥이었다.

손발이 맞아야 함으로 많은 훈련이 필요했고, 실제로 수

년간 연습했다. 때문에 수많은 고수들을 잡을 수 있었다.

그런데 이번 사냥감은 달랐다.

그는 일단 뒤쪽을 무시했다.

멧돼지처럼 앞으로만 달렸고, 수비를 하지 않았다.

쾅앙.

으아악.

엄청난 공격력으로 앞쪽을 철저히 분쇄했다. 뒤에서 칼질은 하지만, 무슨 몸뚱이가 철탑보다 단단했다.

더구나 저 무기는 무슨 재질로 만들었는지, 부딪치는 순간 강한 반탄력을 느꼈다.

허조연이 한 번 부딪쳤는데, 손바닥이 찢어졌고, 욱신거리면서 얼얼했다.

다른 낭인들은 막을 수도 없었고, 무기들이 한 방에 부서졌다.

진열은 금세 무너졌고, 다시 열 명이 죽었다.

이대로는 전멸이었다.

허조연은 추감혁을 불렀다.

"추 문주. 뭐 하시오? 우리 다음엔 그쪽일 거요."

"아, 알겠네."

추감혁도 정신을 차렸다.

"뭣들 하느냐? 침입자다. 죽여라!"

하지만 추신검문의 무사들은 머뭇거렸다.

무기는 진즉에 뽑았지만, 다가가지 못했다.

거한의 몸에서 흘러나오는 살기와 투기에 압도당했다. 마치 진짜 호랑이가 포효하는 것 같았다.

그래서 겁을 먹고 앞으로 나서질 못했다.

그나마 일류라 불리는 무사들이 그러고 있었다. 이삼류 무사들은 아예 자리에서 주저앉았다.

그만큼 거한의 존재감은 절대적이었다.

지금 철경은 살짝 흥분한 상태였다.

혈노비들이 보이자, 더 이상 참을 수 없었다. 꾹꾹 눌러 두었던 살기가 일시에 터져 버렸다.

눈가가 붉어지고, 핏줄이 솟아났다.

목과 팔뚝에 푸른 핏줄이 꽃처럼 피어나고, 살기는 바라만 봐도 아득해질 정도였다.

너무 흉측해서 근처에 있던 진서조차 놀랄 정도였다.

'와아, 같은 사람 맞아? 평소엔 그렇게 냉정하고 무뚝뚝하더니, 지금은…… 너무 열정적이잖아.'

현재 철경은 금륜안을 사용하지 않았다.

쓸 필요도 없었다.

새로 얻은 무기는 손에 착 붙었고, 혼연일체가 되었다. 앞에 있는 것이 무엇이든, 박살 낼 수 있었다.

'오늘 이대로 혈노비를 말살시킨다.'

오직 그 생각뿐이었다.

"멈추시오!"

그때 하나의 목소리가 철경의 귓가로 파고들었다.

정신이 번쩍 들 정도로 강렬한 기파였다.

단지 우렁찰 뿐 아니라, 현기가 느껴지는 목소리.

철경만 들은 것이 아니었다.

근처에 있는 모든 사람이 들었고, 모두의 시선이 그쪽으로 향했다.

한 사람이 하늘 높이 치솟았다.

어찌나 높게 뛰던지, 한 마리의 독수리를 보는 것 같았다. 내려올 때는 더욱 놀랐다.

천천히 떨어졌고, 부드럽게 착지했다.

무공이 낮은 사람도 놀랐지만, 고수들도 감탄사를 뱉었다.

본래 경신술은 떨어질 때 더 어려운 법이다. 저 정도로 천천히 떨어질 정도면, 이미 경공에 일가를 이룬 사람이다.

나이는 젊었다.

이립 정도로 보였고, 잘생기고 부드러운 인상을 지녔다.

그리고 그가 입은 옷이 눈에 띄었다.

백색에 푸른 용이 그려져 있는 무복, 추감혁이 놀라서 소리쳤다.

"곤륜파다. 곤륜파가 찾아왔어."

곤륜파.

청해의 곤륜산에 위치한 문파였다. 구파일방의 일원으

로 정파의 기둥 중 한 곳이다.

예로부터 곤륜산은 신선들과 영수(靈獸), 용과 천병(天兵)들이 수호하는 땅이라 불렸다.

그만큼 신성한 곳으로 여겼으며, 도인들의 온산지이기도 했다.

곤륜파 역시 도가를 바탕으로 한 무공으로 유명했다.

절세의 신법과 경공을 소유했으며, 무당파, 화산파와 더불어 검법의 명문으로 손꼽혔다.

또한 마교의 발호지인 십만대산(신강성)과 가까웠고, 곤륜파의 무공은 마교에게는 최악의 상성이라고 중원의 수문장 역할을 했다.

'또한 청해를 대표하는 정파로서, 사흑파를 견제할 수 있는 유일의 문파지.'

추감혁은 속으로 환호성을 질렀다.

반면 철경은 이해할 수 없었다.

어떻게 곤륜파의 인물이 벌써 나타난거지?

거리로 따지면, 천리가 넘었다.

아무리 빨라도 한 달은 걸릴 테고, 추신검문에서 도움을 요청한 지 닷새도 지나지 않았다.

'그건…… 나중에 알아보자.'

일단 지금은 혈노비들을 한 놈이라도 더 죽여야 한다.

방해를 받기 전에.

철경은 금세 정신을 차렸고, 검을 휘둘렀다.

쫘아악.

"캐액."

순식간에 십여 명이 또 죽었다. 이제 남은 인원이 열도 되지 않았다.

그 순간, 곤륜파의 무인이 직접 철경에게 달려들었다.

"그만두라고 했잖소."

부우웅.

철경이 검을 휘둘렀지만, 그는 손쉽게 피했다.

이어지는 철경의 팔꿈치 공격까지 피하면서 안쪽까지 파고들었다.

마치 연어가 물살을 거슬러 올라가듯 힘차고 빨랐다.

그리고 그가 내지르는 권법은 강맹했다.

"운룡금나(雲龍擒拿)"

콰쾅.

벼락이 내리치는 소리가 나면서 철경이 뒤로 물러났다.

정확히 반걸음이지만, 처음 있는 일이었다.

그만큼 곤륜파 무인의 일초는 강맹했다.

몸집은 철경의 삼분지 이에 불과했지만, 내공이 깊고 정명한 탓이다.

재밌군.

이것이 구대문파의 힘인가?

철경은 미소를 지었다.

그도 본격적으로 곤륜파 무인을 상대하기로 마음먹었다.

쿵.

철아검은 입구 쪽으로 던졌다.

그러잖아도 빠른 놈인데, 거대한 검으로는 따라잡지 못한다. 대신 몸에 힘을 주고, 짧게 치고 막는 용형권을 펼쳤다.

파파파팟.

파팡.

철경이 속도를 올리자, 순식간에 백여 초가 흘렀다.

눈 깜짝할 사이에 수십 번의 공방을 주고받은 셈이다.

기가 휘몰아치면서 강한 기류가 형성되었다. 다른 이들은 자신도 모르게 뒤로 물렀다.

자연스레 공터가 만들어졌다.

“뭐가 보여?”

“아니. 너무 빨라서.”

“뭐가 어떻게 흘러가는 거야?”

웅성거리는 소리와 함께 기를 쓰고 두 사람을 보려했다. 하지만 정확히 보지 못했고, 그 사이 계속 권과 권이 부딪쳤다.

파공음이 상당했고, 싸움은 격렬했다.

아무도 눈을 떼지 못했다.

파파팡.

정심한 내공은 뿌리 깊은 거목과도 같다.

너무 깊어 흔들림이 없었다. 하지만 박투술의 수준은 철경이 높았다.

그리고 신체적으로도 우위에 있었다.

부웅.

거인 낙하로 찍어 누르는 척하면서, 주먹을 뻗는다.

곤륜파 무사는 거리를 가늠하여 뒤로 물러섰다. 하지만 철경은 발바닥을 움직이면서 한 걸음 더 나섰고, 마침내 철경의 주먹이 곤륜파 무사의 가슴을 건드렸다.

파팡.

"크윽."

살짝 맞았는데 충격이 상당했다.

하지만 상대도 보통 무인이 아니었다.

맞는 순간, 스스로 뒤로 뛰면서 충격을 완화했다. 그리고 뒤로 크게 물러났다.

그는 묘한 눈으로 철경을 바라보았다.

입가에는 알 수 없는 미소가 담겨 있었다.

곤륜파 무인은 곧바로 덤비지 않았다.

맞은 부위를 툭툭 털면서, 철경에게 물었다.

"귀하의 솜씨가 놀랍구려. 부디 이쯤에서 그만두는 게 어떻소?"

점잖은 말투였다.

철경은 대꾸하지 않았다. 대신 손바닥을 까딱거렸다. 다시 덤비라는 뜻이었다.

곤륜파 무사는 살짝 웃으면서, 손을 등 뒤로 뻗었다.

차앙.

맑은 소리와 함께 날카로운 칼날이 모습을 보였다.

"안타깝지만, 내 권법 실력으로는 그대를 제압할 수 없겠소. 부득이 검을 사용해야 할 것 같은데, 그래도 계속하시겠소?"

"……."

"부디 조심하시오. 검에는 눈이 없고, 내 검은 제법 날카로운 편이오."

기세가 달라졌다.

조금 전까지는 중후하고 묵직한 내공이 주를 이루었다면, 지금은 달랐다.

새벽녘의 서릿발처럼 차갑고 날카로웠다. 광활한 내공이 단 한 점으로 압축된 느낌이다.

언젠가 곤륜파의 무공에 대해 들은 적이 었었다.

'검초가 곤륜산의 기세처럼 날카롭고 기이하다. 라고 했던가?'

과연 기운만 봐도 기암절벽이 보이는 것 같았다.

"용미초풍(龍尾招風)."

파앗.

곤륜파에서 대표적인 경신술, 운룡소팔식의 제 육식이었다.

땅을 툭툭 치면서 달려오다가 크게 뛰었다. 그리고 아무것도 없는 공중을 양발로 차면서 방향을 꺾는다.

그런 식으로 예상치 못하게 다가왔고, 검의 방향 또한 기이했다.

적이 앞에 있는데, 몸을 돌려 검을 뒤로 뻗었다.

'이런 허점을 보인다고?'

주먹을 뻗으면 닿을 거리에 있었다. 훤히 눈에 보이지만 철경은 다가가지 않았다.

그의 선택이 맞았다.

묘한 소용돌이가 생기면서 상대의 몸을 끌어당겼다. 그리고 뒤로 뻗은 검이 갑자기 위에서 나타났다.

만약 조금 전에 아무 생각 없이 들어갔다면, 영문도 모른 채 당할 뻔했다.

대범하고 기이한 검법.

곤륜파의 무공이었다.

철경은 다리에 힘을 주고, 몸을 뒤로 뉘었다.

가볍게 검을 피한 뒤, 허리의 힘만으로 몸을 세웠다. 그리고 곧바로 반격에 나섰다.

하지만 곤륜파 무사의 초식은 끝난 게 아니었다.

다시 몸을 돌리더니, 검이 회전하면서 철경의 옆구리를 베었다.

스걱.

신기했다.

분명 느리게 움직이는 것 같은데, 빈틈이 없다. 어느덧 검은 지나가 있었다.

이번에는 철경이 뒤로 훌쩍 물러섰다.

'재미있군.'

흥미로움과 동시에 호승심이 생겼다.

철경도 금륜안을 일으켰다. 그도 제대로 해볼 생각이었다.

하지만 방해꾼이 있었다.

"산호 사제!"

휘익. 휙.

일단의 무리가 이쪽으로 달려오고 있었다.

옷을 보니 곤륜파 무사들이었다. 달려오는 모양만 봐도, 초절정고수가 섞여 있음을 알 수 있었다.

'안 되겠군.'

철경은 눈앞의 남자에게 물었다.

"이름은?"

"산호라 하오. 귀하는 성함이 어찌 되시오?"

하지만 철경은 대답하지 않았다.

그냥 뒤로 물러섰고, 바닥에 떨어진 철아검을 들고 집었다.

산호는 한 대 맞은 얼굴로 소리쳤다.

"이봐요? 그냥 가버리면 어떡합니까? 이름은 알려줘야죠?"

그가 멍하게 있는 동안, 철경은 빠르게 움직였다.

수풀 속으로 들어가기 직전, 품속에 손을 넣었다.

그리고 한 개의 단검을 던졌다.

쉬익.

푸욱.

"크흑."

단검은 정확히 추문수의 가슴에 꽂혔다.

"문수야!"

추감혁은 비명을 지르며, 아들에게 달려갔다. 하지만 그는 즉사했다.

그제야 산호는 자신의 잘못을 깨닫고, 철경을 쫓아가려했다.

하지만 철경은 이미 사라진 후였다.

"크흐흑. 문수야!"

추감혁의 구슬픈 목소리만, 장내에 남았다. 산호는 미안한 듯, 그를 위로했다.

추감혁은 눈물을 흘리며, 아들의 시신을 끌어안았다.

그런 그의 귓가로 하나의 전음이 들렸다.

[추감혁. 나의 복수는 아직 끝나지 않았다.]

낮은 저음의 목소리.

끓어오르는 듯한 분노가 느껴졌다.

추감혁은 주위를 두리번거렸다.

그제야 알 수 있었다.

근래에 벌어진 추신검문의 사건들, 그것들은 단순히 사흑파의 습격이 아니었다.

습격을 가장한 복수였다.

다만 여기서 의문이 들었다.

'저놈은 누구인가? 정말 사흑파일까?'

알 수 없었다.

추감혁은 오늘날까지 수도 없이 배신했고, 등 뒤로 칼을 꽂았다.

복수를 하겠다고 협박한 사람들만 백 명이 넘었다.

그러는 중에 곤륜파 도사들이 전부 도착했다.

모두 오십 명이 넘었고, 일류고수 이상이었다.

그중 나이 지긋한 도인이 산호 도장에게 다가갔다.

"사제. 혼자 움직이면 어떡하나?"

그는 불혹(不惑)이 훌쩍 넘은 나이였는데, 이제 이립인 산호에게 사제라 불렀다.

산호는 공손히 대답했다.

"죄송합니다, 사형. 상황이 급해 보여서 먼저 서둘렀습니다."

"그래도 알려줘야지. 모든 일에는 순서라는 게 있다네. 아무 말도 없이 가버리면 우리들은 어떻게 해야 하나?"

"제가 생각이 짧았군요. 다시 한번 사죄드립니다."

산호는 고개까지 숙이며 사과했다.

하지만 도인은 멈출 생각이 없었다. 오히려 말이 더욱 많아졌다.

"자네는 이번 여행의 책임자일세. 이 사실을 절대 잊으면 안 되네. 개인행동은 자제하고, 단체를 우선시해야 돼. 모든 일을 신중하게 판단하고, 생각한 다음 행동을 해야지. 조직의 수장임을 자각하란 뜻일세."

"네에. 사형. 앞으로 주의하겠습니다."

틀린 말은 하나도 없다.

하지만 하나부터 열까지 아이 다루듯 가르치려 드니, 무척이나 피곤했다.

산호는 예의 바르게 행동하면서 속으로는 한숨을 쉬었다.

그사이 곤륜파 일행 중 한 명이 추감혁에게 달려갔다.

"아버님. 이게 어떻게 된 일입니까?"

"무, 문진아."

그는 추감혁의 둘째 아들인 추문진이었다.

그는 곤륜파에 입문한 지 칠 년째였고, 도명은 도진이었다.

추감혁도 번뜩 정신을 차렸다. 그리고 도진(추문진)을 끌어안고 울었다.

"이렇게 빨리 와줘서 정말 고맙구나. 크흐흑."

"네에?"

도진(추문진)은 의아해서 되물었다.

그 거한이 누구인지, 자기 형이 왜 죽었는지, 문파가 왜 이렇게 변했는지 하나도 모르는 눈치였다.

추감혁이 흥분을 가라앉힌 다음, 추문진과 이야기를 나누었다.

그제야 정황이 파악되었다.

곤륜파는 추신검문에서 보낸 전서구를 보고 온 것이 아니었다.

마침 다른 볼일이 있어 근처를 지나는 중이었다.

그러던 중 도진이 사람들을 설득했다.

근처에 자신의 집이 있으니, 잠깐 들러 쉬어가자고 제안했었다. 내심 자기 집이 부자라는 걸 자랑하고 싶어서 한 행동이었다.

그래서 여기까지 온 것이었고, 추감혁의 입장에서는 천운이라 할 수 있었다.

추감혁은 다시 한번 둘째 아들을 끌어안았다.

"고맙다."

어찌 되었든 아들 때문에 살아난 셈이니까.

그리고 곤륜파에도 감사를 표했다. 특히 처음 나타났던 젊은 도사에게 큰 관심을 보였다.

"저어, 혹시 본인을 산호라 말씀하신 것 같던데, 혹시 곤륜신협 산호 대협이십니까?"

그러자 옆에 있던 도진이 자랑스럽게 대답했다.

"맞습니다. 아버님. 이분이 우리 곤륜파의 자랑인 곤륜신협이십니다."

산호는 정중히 허리를 숙였다.

"인사드립니다. 저는 곤륜파의 산호……."

"그 유명한 곤륜신협님을 만나서 정말 영광입니다. 저는 추신검문이라는 보잘것없는 문파를 이끌고 있는 추감혁이라고 합니다."

"네에. 반갑습니다. 그리고 정말 죄송합니다. 제가 조금만 더 신경을 썼더라면, 큰 아드님이 살 수도……."

"아이쿠. 아닙니다. 산호 대협이 아니었다면, 다 죽었을 겁니다. 이 은혜 백골난망하여 결초보은하겠습니다."

"아닙니다. 아닙니다."

추감혁은 머리가 땅에 닿듯이 인사했고, 산호는 난감한 듯 당황했다.

추감혁이 이렇게까지 저자세로 구는 데는 이유가 있었다.

산호는 곤륜파에서 가장 유명하고, 전도유망한 후기지수였다.

곤륜파를 대표하는 고수이자, 벌써부터 다음 대 장문인으로 내정되어 있다는 소문도 있었다.

그럴 수밖에 없는 것이, 그는 곤륜파의 최고의 고수, 운성 진인의 직전 제자이기 때문이다.

어릴 적부터 무의 재능이 대단하여, 이립도 안 되어 절정고수가 되었고, 현재는 초절정을 넘어섰다고 알려졌다.

또한 품성 몹시 훌륭했다.

누구에게나 친절했고, 항상 남을 도와주는 호인이었다.

그런 미담만 셀 수 없이 많았고, 태어나서 지금까지 한 번도 화를 내지 않았다고 한다.

그래서 곤륜신협이라는 별호가 붙었으며, 무림팔용의 일인이기도 했다.

산호가 물었다.

"그나저나, 추감혁 문주님. 그 남자는 누굽니까? 왜 이런 끔찍한 짓을 저지른 겁니까?"

산호는 죽은 사람들을 측은하게 바라보았다.

추감혁은 이때다 싶어 장황하게 설명했다.

"그 부분에 대해서는 정말 할 말이 많습니다. 그 미친놈은 갑자기 나타났고, 우리 문파를 쑥대밭으로 만들었습니다. 그리고 결국 제 아들까지…… 크흐흐흑."

그는 없는 사실까지 짜내며, 이야기를 부풀렸다.

말만 들었을 때는 철경이 천하의 악인이 된 것 같았다.

물론 그 와중에 원한이니 복수 같은 단어는 쓰지 않았다.

산호는 심각한 얼굴로 중얼거렸다.

"정말 못된 사람이군요."

"분명 사파 놈일 겁니다. 아니, 어쩌면 마교일 수도 있죠."

"으음. 그건 아닐 겁니다. 마기가 느껴지지 않았거든요."

"아. 그런가요? 흠흠. 그럼 그런 거겠죠."

곤륜파는 마교라면 질색했고, 자면서도 이를 갈았다. 그 정도로 원한이 깊었기에 슬쩍 철경을 마교로 둔갑시키려 했다.

하지만 실패했다.

산호도 마교와 싸운 경험이 있었고, 마교의 무공에 대해서는 누구보다 잘 알기 때문이다.

"그래도 그냥 둘 사람은 아닌 것 같습니다."

"맞습니다. 그래서 말씀인데, 저희를 도와주십시오. 이러다가 정말 우리 문파는 멸문입니다."

"도와주십시오. 사숙."

도진(추문진)까지 나서서 산호에게 부탁했다.

하지만 조금 전에 산호에게 잔소리했던 도사가 끼어들었다.

그는 산진 진인으로, 장로의 신분이었다.

"사제. 우리는 해야 할 일이 있다네. 그걸 잊지 않았으면 좋겠군."

"네. 명심하겠습니다."

그러는 동안, 추감혁은 산진 장로 옆에 있는 산공 장로를 발견했다. 그는 반갑게 인사했다.

"마침 제가 아는 분도 계셨군요. 산공 장로님 오랜만에 인사드립니다."

"아, 허허허. 반갑습니다. 추 문주님."

그는 모른 척하려다, 어색하게 웃었다.

그동안 추감혁에게 뒷돈을 받아 챙기던 사람이 산공 장로였다.

추감혁은 그에게 눈짓을 보냈고, 산공 장로는 못이기는 척 산호에게 말했다.

"사제. 물론 우리가 맡은 임무가 있지만…… 우리는 도사 아닌가? 그 어떤 일보다 인명을 우선시해야지."

"맞습니다. 산공 사형."

"산공 사제. 그게 무슨 말인가?"

"흠흠. 사형. 틀린 말은 아니잖소?"

산공은 산진의 눈을 피하며 대꾸했다.

마침내 산호는 결정을 내렸다.

"사형. 어려운 사람을 두고, 지나친다면 정파인이라 할 수 없을 겁니다. 저는 곤륜파로서 본분을 다하고 싶습니다."

"하지만 사제……."

"어차피 오늘은 날이 늦었잖습니까? 다른 곳에 머무는 것보다, 오늘은 이곳에 머물면서 좋은 방법을 강구해 보지요."

그런 식으로 산진 장로를 설득했다.

그런데 갑자기 고개를 돌리더니, 사자후를 질렀다.

"갈!!"

그는 곤륜파의 적양공(赤陽功)을 극성까지 익혔다. 그리고 내공의 수발이 자유로워 한 번에 막대한 음공을 방출할 수 있었다.

우수수수.

앞에 서 있던 나무 다섯 그루가 동시에 크게 휘청거렸다. 나뭇잎이 우수수 떨어졌고, 사람들은 놀라서 그를 바라봤다.

장로들조차 인상을 찡그렸다.

산진 장로는 얼굴을 찡그린 채로 물었다.

"왜 그랬나?"

"아아, 죄송합니다. 사람이 숨어 있는 것 같아서요. 아무래도 제가 잘못 본 것 같습니다."

산호는 머리를 긁적이며 대답했다.

철경은 멀리서 추신검문을 바라보고 있었다.

목소리를 들을 수 없지만, 곤륜파 무인들이 추신검문 내전으로 들어가는 것 같았다.

역시 지금 들어가는 건 무리가 있어 보였다.

잠시 후, 진서가 나타났다.

그녀는 철경의 부탁을 받고, 추감혁 근처에 숨어 있었다. 그리고 산호 도사에게 들키기 전까지, 그들의 대화를 엿듣고 있었다.

그 내용을 철경에게 알려주었다.

"역시 저 남자가 곤륜신협이었군."

철경은 조용히 중얼거렸다.

곤륜파 복장에 젊고 강한 무인이라면, 곤륜신협뿐이라고 짐작은 했었다.

"야. 난 총관 안 죽였어. 지가 도망치다가 죽은 거야."

"알았어."

진서는 의아해하며 물었다.

"그런데 너는 화도 안 나? 계획이 다 망가졌잖아."

"그래. 계획이 망가졌지."

"그런데?"

철경은 대답하는 대신 진서를 바라봤다. 그녀의 모습이

조금 이상했다.

얼굴에 붉은 기운이 돌고, 한 손으로 관자놀이를 누르고 있었다.

철경이 물었다.

"아픈가?"

"으응. 머리가 조금 아파."

"언제부터?"

"곤륜신협이라는 놈이 고함지를 때부터. 아우. 하마터면 걸릴 뻔했잖아."

하지만 그녀는 아무렇지도 않은 듯 대답했다.

"금방 괜찮아지겠지. 신경 쓰지 말고, 네 얘기부터 해. 계획이 망가졌는데, 왜 화가 안 나냐고?"

철경은 대답보다 그녀의 상태가 신경이 쓰였다.

곤륜신협의 사자후에는 양기와 더불어 현기가 실려 있었다. 진서의 것과는 상극으로 영향을 받을 수도 있었다.

"야. 빨리 대답 안 해?"

"……."

"이씨. 말을 어서……."

진서는 말을 끝맺지 못했다.

비틀거리더니, 갑자기 옆으로 쓰러졌다.

철경은 넘어지기 전에 그녀를 붙잡았다. 그리고 그녀가 들고 있는 강보를 잡은 후, 그녀를 살폈다.

맥박은 정상인데, 눈을 뜨지 않았다.

정신을 완전히 잃은 상태라, 위험해 보였다.

'할 수 없군.'

어차피 기존의 계획은 망가졌다.

새롭게 짜야 한다.

저놈들이 어디로 갈 것도 아니고, 더 완벽한 계획을 짜면 된다.

그리고 진서에게는 치료가 필요했다.

철경은 진서를 업고, 미련 없이 그곳을 벗어났다.

추감혁은 간만에 잔치를 벌였다.

곳간을 열고, 주변 숙수들을 불러 거하게 한 상 차렸다.

곤륜파를 대접하기 위해서였다.

산호 도사도 늦게까지 추감혁에게 붙잡혔다. 그리고 한밤중이 되어서야 겨우 빠져나왔다.

"휴우. 힘들다. 힘들어."

그는 이런 자리가 익숙지 않았다. 추감혁의 접근도 부담스러웠다.

또 그가 배정받은 숙소에는 사람들이 기웃거렸고, 제대로 쉴 곳이 없었다.

조용한 장소를 찾았고, 여기까지 나온 것이다.

"산호 사숙이십니까?"

뒤에서 굵직한 목소리가 들렸다.

고갤 돌리니 도훈이 다가오고 있었다. 산호 도사는 긴장을 풀면서 대꾸했다.

"사질이 왜 여기 있는가?"

"추신검문 측에 사람이 부족하다고 해서요. 저희도 인원을 지원해 주고 있었습니다. 제비뽑기를 했는데, 제가 재수가 없어서 걸린 거구요."

"하하. 아쉽군. 나에게 말했으면, 내가 자진해서 지원했을 텐데."

"그런 말 마십시오. 그랬다간 장로님들이 가만있지 않을 겁니다."

산호는 쓴웃음을 지었다.

"그러게. 장문인이 원망스럽군. 왜 하필이면 이런 중책을 나에게 맡기셨는지."

"힘내십시오."

"고맙네."

도훈은 곤륜파의 일대 제자였다.

하지만 산호와 나이가 비슷했고, 성격도 닮아서 친하게 지내는 사이였다.

도훈은 목소리를 낮추며 물었다.

"그것보다 정말 괜찮으시겠습니까? 여기 사정도 안타깝지만, 저희도 약속 장소로 빨리 가야 합니다. 청성파와 아미파 사람들이 기다리고 있을 겁니다."

"그들도 정파 아닌가? 이해해 줄 거야."

"정파인들이 모두 사숙처럼 착한 건 아닙니다. 그리고 사숙님. 제가 누누이 말씀드립니다만…… 무림에서는 조금은 계산적으로 생각하셔야 합니다."

산호는 무공이 뛰어났지만, 무림의 경험은 적었다.

평생을 산에만 있었고, 이렇게 멀리까지 출타한 적도 처음이었다. 그래서 종종 무림의 경험이 많은 도훈에게 조언을 구했었다.

"나중에 내가 욕을 먹으면 되지. 그리고 덕분에 이곳 사람들을 살렸잖는가? 그것으로 만족한다네."

"보살이 따로 없군요. 소림으로 가셔야겠습니다."

"하하하. 난 그렇게 착한 사람이 아니야. 사람들이 오해를……. 우웃."

산호는 말을 하다 말고, 갑자기 자신의 옆구리를 쓰다듬었다.

도훈이 걱정되어 물었다.

"왜 그러십니까? 사숙."

"하하. 별거 아니야."

"별거 아닌 게, 아닌 것 같은데요. 혹시 다치셨습니까?"

산호는 머리를 긁적이며 말했다.

"낮에 싸웠을 때 말이야. 그의 주먹이 옆구리를 스쳤네. 그런데 멍이 들었더군."

"그 하얀 가면을 썼던 사내 말입니까?"

"맞아. 무슨 무공인지 모르지만, 주먹이 상당한 맵군."

도훈은 품속에서 금창약을 꺼냈다.

"이걸 바르십시오. 타박상에 좋은 약입니다."

"괜찮아. 심한 게 아니라서, 며칠만 있으면……."

"사숙. 무림은, 무슨 일이 언제 어떻게 터질지 모르는 곳입니다. 조금이라도 다친 곳이 있으면, 시간 날 때마다 반드시 치료하셔야 합니다. 항상 최상의 몸 상태를 유지해야 살아남을 수 있는 곳이에요."

"알겠네. 알겠으니, 잔소리는 그만하게."

"잔소리가 아니라 충언입니다."

"그 충언은 산진 사형으로도 충분하다네. 귀에서 피가 날 것 같아."

이번에는 도훈이 쓴웃음을 지었다.

산진 장로는 법륜당 출신으로 유난히 깐깐한 사람이었다. 때문에 자유로운 성향을 지닌 산호가 답답해했다.

산호는 도훈의 말대로 금창약을 상처 부위에 발랐다.

그 모습을 보면서 도훈이 그를 위로했다.

"그래도 그놈. 사숙이 검을 꺼내 드니까, 꼼짝 못 하던데요. 아마 계속했다면, 멋지게 쓰러뜨렸을 겁니다."

"그렇게 보였나?"

"아닙니까?"

산호는 고개를 저었다.

"우리 문파 사람들이 오니까, 얌전히 물러났던 거야. 그도 무언가 준비를 하고 있었네. 좀 위험해 보였어."

"위험해요?"

"뭔지는 모르지만, 내 감각이 말하더군. 어쩌면 질 수도 있다고."

"설마, 그 정도로 세다고요?"

"모르지. 세상에는 고수가 많다고 하니."

"아닙니다. 계속 싸웠어도 사숙이 이겼을 겁니다. 그건 제가 장담합니다."

도훈은 확신에 찬 목소리로 말했다.

그는 산호를 잘 알고 있었다.

겉으로는 너무 유해서, 사람이 약해 보일 수 있다. 하지만 그는 누구보다 단단한 사람이었다.

승부욕도 대단하여, 절대 포기하지 않는 악바리 중 악바리였다. 아무리 생각해도 그가 패배한다는 건 상상하기 어려웠다.

"꺄아악."

그때 조용한 밤하늘을 깨는 소리가 울렸다.

산호와 도진은 서로의 얼굴을 보더니, 곧장 소리가 들린 곳으로 달려갔다.

정문 쪽이었다.

그곳에는 벌써 많은 사람들이 모여 있었다. 그리고 분위기가 싸늘했다.

도훈이 옆 사람에게 물었다.

"무슨 일입니까?"

"시, 시체가……. 저기."

정문 바로 앞에 시체가 놓여 있었다.

총 세 구였는데, 그 모습이 무척 처참했다.

손발이 반대로 꺾여 있었고, 온몸이 난도질당해 넝마로 변해 있었다.

"언제 나타난 겁니까?"

누군가 정문을 지킨 호위무사에게 물었다. 그는 변명을 하듯 소리쳤다.

"저는 계속 여기 있었고, 시체는 갑자기 하늘 위에서 뚝 떨어졌습니다. 맹세합니다."

나중에 추감혁을 비롯하여, 수뇌부들도 달려왔다. 특히 혈노비의 허조연은 이를 갈면서 중얼거렸다.

"감히 누가 이런 짓을……."

"아는 사람들인가?"

추감혁이 물었다.

“제 수하들입니다.”

“으음. 혈노비란 말이지.”

“이놈들, 오늘 동쪽 지역을 맡고 있었는데…….”

추신검문의 부지는 상당히 넓었다.

하지만 현재 무사들이 죽거나 도망갔고, 경비를 설 무사가 부족했다.

그래서 혈노비와 곤륜파에 도움을 청했다. 혈노비는 동쪽을 맡았었고, 곤륜파는 서쪽을 맡았었다.

곧 경비 책임자가 달려왔다. 그리고 시체들을 보고 자세히 설명했다.

“맞습니다. 이 낭인들은 동쪽 동문에서 경비를 섰습니다. 하지만 반 시진 전에 교대를 했고, 그때까지 분명 살아 있었습니다.”

“교대 직후에는 어디로 갔지?”

“술 마시러 내전으로 간다고 들었습니다.”

그러자 주변이 술렁거렸다.

“뭐야. 그럼 밖이 아니라, 안쪽에서 납치당했단 뜻이잖아?”

“혹시 그 거한이 내전까지 들어온 거야? 그때까지 아무도 눈치 못 챈 거고?”

“X발.”

“이제 어떡하지?”

분위기가 어수선하고, 불길한 기운이 맴돌았다.

누군가 산호에게 물었다.

“저어, 곤륜신협님. 혹시 대협께서는 뭔가 느낀 것이 없으셨습니까?”

고수의 은신술은 다른 고수가 찾을 수 있었다.

그걸 산호에게 바랐지만, 산호는 고개를 흔들었다.

“안타깝지만, 아무것도 느끼지 못했습니다.”

전부 실망하는 눈치였다.

같이 있던 도훈이 말했다.

“아직 그자인지 알 수 없습니다. 속단하지 말죠.”

그때 산호는 결심을 한 듯, 사람들에게 소리쳤다.

“잔치는 그만하는 게 좋겠습니다. 그리고 제 생각에는 지켜야 하는 공간이 너무 넓습니다. 사람들을 모두 내전으로 모으고, 경비를 한곳으로 모으지요.”

“좋은 생각입니다.”

추감혁이 먼저 찬성했다. 그리고 사람들에게 말했다.

“자자. 모두 곤륜신협님의 말씀을 들었죠? 잔치는 끝내겠습니다.”

“그리고 제가 주변을 둘러보겠습니다. 도훈, 자네가 도와주게.”

“알겠습니다.”

산호는 주변 순찰을 자진했다.

장내는 빠르게 정리되었고, 더 이상 납치당하는 일은 벌어지지 않았다.

하지만 분위기는 무섭고, 긴장되었다. 그 상태로 밤이 흘러갔다.

낭인 세 사람을 납치한 이는 철경이었다.

낮에 진서를 데리고, 의원에게 갔었다. 외상이 없는 것을 확인했다.

의원은 침과 뜸으로 속을 치료한다고 하였고, 잠시 의원에게 맡겨두었다.

그리고 방금 추신검문으로 돌아와서 낭인을 납치한 것이다.

그리고 시체를 앞에 둔 이유는 추감혁에게 경각심을 주기 위해서였다.

진서 때문에 움직이지 못하나, 그래도 계속 지켜보고 있다는 걸 알려주고 싶었다.

그래서 일부러 과하게 손을 썼다.

그리고 산호 도사가 순찰할 때는 이미 집으로 돌아간 후였다.

'그래. 진서가 깰 때까지 하루에 한 번씩만 가서 혈노비를 죽이자.'

어차피 혈노비 낭인들을 다 죽일 생각이었다. 그리고 추감혁의 숨통을 조일 수 있으니 괜찮을 것 같았다.

그런데 의원에게 가는 순간, 잘못 생각했다는 걸 깨달았다.

그곳은 난장판이 되어 있었다.

담벼락에는 커다란 구멍이 생겼고, 여기저기 부서진 흔적이 있었다. 그리고 바닥에 피를 흘린 자국도 있었다.

의원은 철경을 보자마자, 소리쳤다.

"당장 저 여자, 데려가시오! 어서."

말을 들어보니, 진서가 갑자기 깨어났다고 한다. 그리고 대뜸 주변 사람들을 공격했고, 수십 명이 다쳤다.

"죽은 사람이 없는 게 천운이오. 만약 죽었으면……."

"미안하오."

"흥. 미안한 줄 알면, 다행이오. 아무튼 담벼락을 고치고 다친 사람들의 치료비를……."

"여기 있소."

철경은 커다란 금덩이를 내밀었다.

집을 두 개 더 지어도 될 만큼 큰돈이었다. 의원은 화를 누그러뜨렸다.

"아니, 이렇게 많이 줄 필요는 없는데……."

"다친 사람들에게 위로금으로 전해 주시오. 진서는 내가 데려가겠소."

"그, 그러시오. 아아, 한 번 깨어났으니, 언제든지 깨어날 수 있다는 걸 명심하고, 일어나면 먹을 약재를 챙겨주겠소."

의원은 화가 풀렸고, 철경은 진서를 데리고 집으로 돌아갔다.

의원의 말이 맞았다.

사람이 안 죽은 것이 천운이다.

복수를 원하지만, 복수와 관련 없는 사람들까지 죽일 생각은 없었다.

'아무래도……. 계속 붙어 있어야겠다.'

진서를 업고 감시를 할 수도 있었다. 하지만 갑자기 깨어나면, 대응하기 곤란했다.

아무래도 당분간 집에 두고, 지켜봐야 할 것 같았다.

'그럼 대신 추신검문을 감시해 줄 사람이 있어야지.'

철경은 진서를 업은 채, 무영문의 매군을 만나러 갔다.

4장

그로부터 사흘이 흘렀다.

철경은 나타나지 않았지만, 추신검문의 무사들은 이미 겁을 먹었다. 그리고 강도 높은 경비 업무와 지속적인 피곤함으로 극도로 예민해졌다.

하나같이 이곳에서 도망치고 싶어 했다.

"야. 들었어? 장삼과 오식은 오늘 밤에 떠난다네."

"설마 너는?"

"그래. 나도 같이 갈 생각이다. 아내한테는 이미 말해뒀어. 오늘 밤 같이 떠날 거야."

"끄응."

"너도 가자."

"그, 그럴까?"

"그래. X발. 어차피 마음에 안 드는 곳이었잖아."

"그건 그렇지."

"그동안은 돈 때문에 붙어 있었지만, 지금은 알지? 쫄딱 망한 거? 다음 달 월급도 안 준다는 말이 있어."

"그래? 그럼 무조건 가야지."

그렇게 떠날 궁리만 했고, 실제로 수십 명이 달아났다.

혈노비 측도 마찬가지였다.

벌써 사십 명이 넘게 죽었고, 남은 이는 대주 허조연을 빼고 일곱 명에 불과했다.

"어차피 이건 남의 싸움이다."

"그렇지. 그리고 우리는 낭인이잖아."

"낭인 좋다는 게 뭐냐? 언제든지 떠날 수 있는 거잖아."

"그런데 대주는 어쩌고?"

"대주는…… 끄응."

그들도 떠나고 싶었지만, 허조연 때문에 참고 있었다.

허조연은 뒤끝이 길고, 잔인한 사람이다. 그리고 그보다 무서운 건, 그의 형이었다.

낭인계의 신이라 불리며, 잔인무도의 극치인 인물.

그의 눈에 한 번 벗어나면, 낭인생활을 접어야 했다.

그래서 억지로 버티고 있었다.

추감혁도 이런 분위기들을 알고 있었다.

그는 고민 끝에 둘째아들 도진(추문진)을 찾아갔다.

그와 한참을 얘기했고, 곤륜파의 숙소로 갔다. 그리고

산호 도장 앞에 나란히 무릎을 꿇었다.

도진이 먼저 말했다.

"사숙님. 부디 저희 아버님을 살려주십시오."

"왜들 이러십니까?"

"부디 추신검문을 버리지 말아주십시오."

그들은 마음 약한 산호에게 매달리려고 작정한 것이다.

산호는 한숨을 쉬며 곤란해했다.

사실 곤륜파도 고민이 많았다.

자체적으로 계속 회의를 가졌고, 언제 추신검문을 떠날지 고민하고 있었다.

산호 도사는 먼저 두 사람을 일으켰다. 그리고 문진의 어깨를 두드리며 말했다.

"사질은 걱정 마라. 내가 이대로 모른 척하진 않을 테니."

"감사합니다."

산호는 마음을 굳게 먹고, 산진 장로를 찾아갔다.

역시 그는 강경하게 반대했다.

"절대 안 되네. 누누이 말하지만, 우린 장문인의 명을 받고, 곤륜파의 대표로 가는 사람들이야. 여기서 사흘이나 머무는 바람에 일정이 많이 늦었는데, 뭘 더 머문단 말인가?"

"사형의 말뜻은 이해합니다. 하지만 저희는 정파잖습니까? 바른 일을 행하는 데 앞서야 하고, 인명보다 소중한 것이 무엇 있겠습니까?"

"그럼 어제 산공이 말한 대로 하지. 제자 몇 명을 이곳에 두고 가는 걸로 합의를 보잔 말일세."

산호는 고개를 저었다.

"안 됩니다. 그 괴한의 무공을 생각해 보십시오. 일반 제자들로는 감당할 수 없습니다. 차라리 제가 여기 있고, 사형들이 먼저 가는 건 어떻습니까?"

그러자 산진 장로가 펄쩍 뛰었다.

"지금 무슨 말을 하는 겐가? 자네는 이번 여행의 책임자야. 지금 책임자가 일행을 버리고 떠나겠다고? 말이 된다고 생각하나?"

"휴우. 아닙니다. 그럼…… 다 같이 모여 방법을 찾아보지요."

다시 사람들을 모아서, 회의를 가졌다.

하지만 끝내는 결정도 못 내렸고, 쓸데없는 회의만 길어졌다.

추감혁과 문진은 회의에 참석하지 못했다. 문 밖에서 좋은 결과만 나오길 바라고 있었다.

문득 추감혁이 문진에게 물었다.

"그동안 궁금했었는데, 곤륜파는 어디로 가는 길이었냐?"

하지만 문진은 선뜻 대답하지 못했다.

추감혁은 계속 답을 원했고, 조심스럽게 입을 열었다.

"아버님. 이 정보는 저희 문파에서도 몇 명밖에 알지 못

합니다. 그 정도로 극비인 정보라서…….”

“허어. 이 녀석아. 당연히 비밀을 지켜야지. 이 아비가 못 미더우냐?”

“아닙니다. 흠흠. 저어, 사실은…… 아버님도 찾고 있다는 그곳, 바로 거깁니다.”

추감혁은 자신도 모르게 소리쳤다.

“설마 여불위의 무덤?”

“맞습니다.”

“그곳의 단서가 발견된 것이냐?”

“아버님. 목소리를 좀…….”

“아아. 알았다.”

하지만 추감혁은 흥분이 가라앉지 않았다. 심장이 두근거렸다.

추감혁이 눈에 불을 켜고 그렇게 찾고 싶었던 정보가 눈앞에 있었다.

“그래서, 그곳이 어디냐? 여불위의 무덤은 어디에 있지? 그리고 곤륜파에서는 어떻게 알게 되었느냐?”

“자세한 사정은 저도 잘 모릅니다. 그냥 파사찰의 토파산에 있다고 들었을 뿐입니다.”

‘토파산, 토파산이라…….’

추감혁은 빠르게 머리를 굴렸다. 그리고 모두 만족할 수 있는 방법을 찾아냈다.

그는 당장 곤륜파의 사람들에게 달려갔다. 회의를 하는 중인데도, 무작정 안으로 들어갔다.

"추 문주. 이게 무슨 짓이오?"

"정말 죄송합니다. 하지만 꼭 드리고 싶은 말씀이 있어서, 실례를 했습니다."

"추 문주님. 일단 진정하시고……."

"곤륜파에서 토파산으로 간다는 얘길 들었습니다."

그러자 모두의 시선이 추감혁 뒤를 따라온 도진에게 향했다.

특히 산진 장로가 크게 호통을 쳤다.

"네 이놈. 정신이 나갔구나. 감히 문파의 비밀을 외부로 누출시키다니."

"죄, 죄송합니다."

도진은 고래를 푹 숙였다. 그리고 아버지를 노려보았지만, 추감혁은 신경 쓰지 않았다.

산호가 산진 장로를 말렸다.

"사형 그만두시지요. 어차피 며칠 후면 청해의 모든 문파가 알아낼 일입니다. 차라리 모든 걸 털어놓고, 같이 방안을 찾는 게 좋을 듯 싶습니다."

"그게 문제가 아니네. 혈연 관계이기는 하나, 문파의 기밀을 빼돌린 셈 아닌가? 집법당에 넘겨 엄한 처벌을 해야 돼."

"그 부분은 나중에 제가 책임지겠습니다. 그리고 추 문주님. 좋은 방법이 있다고 하셨는데, 말씀해 보시지요."

'기회가 왔다.'

추감혁은 억지로 마음을 진정시키며, 입술에 침을 발랐다.

"아시는 분도 있겠지만, 저는 추미상단을 운영하고 있습니다. 규모로는 청해에서 첫 번째이고, 청해 곳곳에 분점이 깔려 있죠. 그리고 토파산 바로 아래의 마을에도 추미상단의 분점이 있습니다."

거기까지 듣자, 산진 장로도 관심을 보였다.

"안협이라는 친구가 운영을 하는데, 저와는 형제와 같은 사이죠. 그 친구는 그 지역의 토박이로서 토파산은 물론 파사찰에 대해 모든 걸 알고 있습니다."

"흐음."

그 지역의 토박이라면, 분명 도움이 될 것이다.

산호 도장은 환히 웃으면서 추감혁의 의견을 찬성했다.

"좋습니다. 문주님. 마침 저희 장문인께서도 토착민의 도움을 받으라 하셨지요. 아, 그럼 추신검문 사람들도 저희와 같이 움직이면 어떻습니까?"

"바로 그겁니다. 저희는 괴한으로부터 보호를 받고, 곤륜파는 토착민의 도움을 받을 수 있죠. 일거양득입니다. 하하하."

물론 한 가지가 더 있었다.

말은 하지 않았지만, 추감혁은 여불위의 보물을 포기하

지 않았다.

이번에는 산진도 고민했다. 그러다 결국 추감혁의 의견을 받아들였다.

그다음에는 일사천리로 진행되었다. 곤륜파와 추신검문은 다 같이 떠날 준비를 했다.

특히 추감혁은 집안의 남은 물건들을 헐값에 내놓으면서 돈을 마련했다.

그러자 도진(추문진)이 다가와서 걱정스럽게 물었다.

"그런데 아버님. 굳이 집안 물건까지 정리할 필요가 있습니까? 지금 사정이 좋지 않은 건 맞지만, 아직 땅이며, 많은 것들이 남아 있습니다."

특히 만복당은 땅을 파내면 언제든지 쓸 수 있었다.

추감혁은 고개를 흔들었다.

"나는 악착같이 살아왔다. 다른 놈들을 짓밟으며 여기까지 올라왔어. 그래서…… 적이 많다. 나를 죽이고 싶어 하는 인간들이 청해 곳곳에 깔려있어."

"으음."

"지금은 그놈들이 긴가민가해서 눈치 보고 있겠지. 하지만 기회만 되면, 나를 죽이려 들 거야."

"그럼 어떻게 하시려고요?"

"일단 여불위의 무덤으로 간다. 분명히 보물을 노리고, 별의별 놈들이 다 올 거야. 그중에는 사흑파보다 큰 문파도 있겠지. 나는 그들과 협상을 할 생각이다."

"협상요? 가능할까요?"

"분명 청해로 영역을 확장하려는 놈들이 있을 거야. 그리고……. 흐흐흐. 만약 운이 좋아 여불위의 보물을 만지면 더욱 좋고. 너도 알잖느냐? 내가 이런 쪽으로는 운이 좋다는 걸."

결국은 돈이었다.

이런저런 변명을 해도 보물을 노리고 있었다.

문진은 속으로 한숨을 쉬었다.

그리고 다시 물었다.

"그런데, 그 거한 있잖습니까? 정말 사흑파의 고수가 맞을까요? 사흑파를 사칭한 것일 수도 있잖습니까?"

"그럴 수도 있지. 하지만 분명한 것은, 그놈은 나에게 원한을 품고 있다. 그래도 아무튼 상관없어. 여불위의 보물만 찾는다면……."

"으음. 그리고 아버님. 아직 형님의 장사(葬事)도 제대로 치르지 않았습니다. 먼저 그것부터……."

"그만해라. 내 일은 내가 알아서 할 테니, 너는 곤륜파 일이나 신경 써."

문진은 더 이상 말하지 않았다.

아버지는 이미 확고히 결정을 내렸고, 무슨 말이든 통하지 않았다.

'역시 변하지 않았어.'

겉으로는 냉정하고 이성적으로 보이지만, 항상 그 속에는 욕심이 가득차 있었다.

문진은 더 이상은 아버지 일에 신경쓰지 않기로 마음먹었다.

그는 곤륜파의 숙소로 돌아갔다. 그리고 다시는 아버지를 찾지 않았다.

반면 혈노비의 허조연은 입장이 난처했다.

처음에는 단순히 추감혁을 놀리러 왔는데, 갑자기 괴한의 습격을 받았다. 낭인들이 죽었고 얼떨결에 이곳에 머물게 된 것이다.

추신검문과 정식 계약도 맺지 못했다. 그리고 지금은 아무도 신경 쓰지 않았다. 곤륜파가 있으니까.

오히려 추감혁은 은연중에 떠나기를 강요하고 있었다.

그래서 허조연도 떠나려 했다.

하지만 이제는 그럴 수가 없게 되었다. 그도 여불위의 무덤에 관한 정보를 들어버린 것이다.

"흐흐흐. 좋아. 나만 가만히 있을 수 없지. 이렇게 된 이상, 판을 키워야겠어."

그는 형을 부를 생각을 했다.

일반적으로 뛰어난 사부 밑에서 고수가 만들어진다.

물론 본인의 노력과 재능도 필요하지만, 사부의 능력이 가장 중요한 셈이다.

그런데 간혹 사부 없이 혼자 날아오르는 용이 있었다.

누구에게 배운 것도 없이, 가장 밑바닥에서 혼자 최고위의 경지까지 오를 인물.

청살귀존 허한상이 그러했다.

그는 달랑 박도 하나 들고 낭인 생활을 시작했다. 그리고 정말 매일매일 싸웠다. 싸움에 미친 사람처럼 끊임없이 싸웠고, 그러면서 점차 강해졌다.

어느 순간 절정 고수가 되었다. 그리고 화경의 경지에 올랐고, 이제는 낭인계의 전설이 되었다.

그 정도로 허한상은 무공의 천재였다.

하지만 그렇게 대단한 업적을 이루었음에도, 허한상을 좋아하는 이는 없었다.

막무가내, 안하무인이기 때문이다.

그는 모든 걸 자기 마음대로 행동했다.

의뢰를 받은 와중에 물건이 마음에 든다고 훔치고, 의뢰인을 배신하거나 심지어 죽일 때도 있었다.

또 수행 중에 귀찮다고 포기하는 경우가 부지기수였다. 그래서 사람들이 그를 싫어했다.

허조연도 형을 좋아하지 않지만, 대문파를 상대하려면 그의 힘이 필요했다.

그날 밤, 허조연은 가장 충성스러운 낭인 두 명을 불렀다.

"심부름을 해줘야겠다."

"하명하십시오."

"어제 한 놈이 도망쳤지?"

"네에. 교육을 시켰는데, 끝내 달아났습니다. 죄송합니다."

하지만 허조연은 화를 내지 않았다. 오히려 웃었다.

"흐흐. 아니야. 그런 겁쟁이는 없는 편이 나아. 그것보다, 너희들도 오늘 밤에 도망쳐라."

"네?"

"현 상황에서 우리 혈노비들이 할 수 있는 일이 없다. 사흑파는 곤륜파 놈들이 막아줄 테고. 나는 조용히 따라다닐 생각이다."

혈노비들은 고개를 갸웃거렸다.

"그런데 저희는 왜 도망쳐야 합니까?"

"파사찰에 도착하면, 우리도 보물쟁탈전에 끼어들어야 하잖아."

"그건 그렇죠."

"그러려면 힘이 필요하다. 그러니까 네놈들은 도망치는 척하면서 형님을 찾아가라."

"형님이라면, 처, 청살귀존님 말입니까?"

방금 전까지 자신만만하던 낭인들이 말을 더듬었다.

생각만으로 겁을 먹은 것이다.

허조연이 웃으며 낭인들의 어깨를 두드렸다.

"흐흐. 인마. 괜찮아. 우리 형, 성질 많이 죽었어. 이젠 아무나 죽이지 않아."

"그, 그런가요?"

"그렇다니까. 일단 가기만 해. 그럼 형님이 다 알아서 할 테니까. 그럼 너희들도 팔자 피는 거라고."

그렇게 수하들을 설득했다.

그날 밤, 혈노비 두 명은 추신검문을 도망쳤다.

다음 날이 되었다.

추감혁과 곤륜파, 허조연 등은 추신검문을 떠났다.

각자의 목적을 가지고, 목적지는 여불위의 무덤이 있다는 파사찰이었다.

그 모습을 멀리서 지켜보는 사람들이 있었다.

철경, 그리고 무영문의 매군이었다.

매군은 추신검문을 바라보다가 철경의 어깨 쪽을 힐끔거렸다.

끝내는 참지 못하고 물었다.

"안 불편하십니까?"

철경의 어깨에는 진서가 축 늘어져 있었다.

아직 깨어나지 않았기에, 철경이 업고 나와 버렸다.

사정을 모르는 매군은 계속 물었다.

저 여자가 왜 기절해 있는지? 왜 업고 있는지 등을 물었지만, 철경은 입을 꾹 다물었다.

"에휴."

매군도 철경의 성격을 파악한지라, 그러려니 하면서 넘어갔다.

"일단 요구하신 대로 추신검문에 미행을 붙여놨습니다. 가는 곳이야 뻔하지만, 실시간으로 알려주겠습니다."

철경은 고개를 끄덕였다.

그리고 매군은 품속에서 작은 서책을 꺼냈다.

"그리고 고이특문의 문주 말인데, 결국 잡지 못했습니다. 싸우다가 죽었다고 하더군요. 대신 장로들을 몇 명 생포했고, 당신의 부탁대로 그 여자, 당신 어깨 위에 있는 여자에 대해 알아봤습니다."

"……."

"하지만 그 장로들은 여자에 대해서는 거의 모르고 있더군요. 이건 대화 내용을 적은 책이니, 참고만 하십시오."

그러면서 매군이 서책을 건네주었다.

"아, 그리고 수재민에게 보낸 쌀은, '경철'이란 이름으로 처리했습니다. 생각보다 반응이 좋더군요. 사천성 쪽에서 그 이름이 유명해졌으니, 참고하십시오."

경철?

철경이란 이름을 뒤집어 만든 이름인가?

철경은 쓸데없는 짓이라 생각했지만, 언급하진 않았다.

그런데 매군은 용건이 끝났는데도 떠나지 않았다. 철경이 눈치를 채고 먼저 물었다.

"하고 싶은 말이 있으면, 하시오."

"흠흠. 사실은 말이오."

매군은 기다렸다는 듯 입을 열었다.

"배민환 장로님은 말하지 말라고 하셨지만, 내 생각은 조금 달라서……. 일단 들어보고, 하기 싫으면 안 하면 되잖습니까?"

"……."

"그쪽도 알겠지만, 여불위의 무덤이 수면 위로 드러났습니다. 아직은 몇몇 문파만 알고 있지만, 며칠 안에 소문이 쫘악 퍼질 거란 말입니다."

"……."

"그럼 많은 무인들이 모여들겠죠. 시간이 지날수록 상상도 못 할 만큼 모일 텐데. 혼자서는 절대 감당하지 못할 일이오."

“…….”

“그래서 마음 맞는 문파끼리 힘을 뭉치는데, 연합, 결맹, 협맹 등 이름이야 어찌 되든 힘을 모은다는 게 중요하오. 우리 무영문도 마찬가지요. 지금 힘을 모으고 있는 중입니다.”

“…….”

이쯤 했으면 짐작했을 텐데, 철경은 여전히 표정 변화가 없었다. 한마디도 대꾸하지 않았고, 관심이 없는 것 같았다.

매군은 내심 실망하면서 대충 물었다.

“흠흠. 그래서 말인데, 혹시 철경 대협도 우리랑 같이 하겠습니까?”

“…….”

“물론 그쪽이 혼자 다니는 걸 좋아하는 성향이지만, 그래도 그 몸집으로 다니면, 다른 이들의 이목을 끌 테고, 그러니까…….”

“그럽시다.”

“그래요. 잘 생각하셨…… 에에?”

매군은 깜짝 놀라 철경을 바라봤다.

혹시나 했지만, 이렇게 쉽게 승낙할 줄은 몰랐기 때문이다.

철경이 말했다.

“대신 조건이 있소.”

“어쩐지……. 말해보시지요.”

"내 목표는 여불위의 보물이 아니오."

"알고 있습니다. 복수가 목적이죠."

"그러니 복수가 끝나면, 적당한 때에 빠지겠소. 물론 무영문이 위기에 빠지거나, 분위기가 안 좋을 때는 피하겠소."

"으음."

조건이 어정쩡했다.

또 거기서 끝이 아니라, 철경은 몇 가지 부탁을 조건으로 걸었다.

매군은 곤란한 표정으로 중얼거렸다.

"전부 가능하긴 한데. 돈이 제법 들어가는 것들이라서요. 상부 승인받기가 좀……."

"돈은 얼마가 들든 내가 지불하겠소. 전부."

"아, 그럼 상관없습니다."

매군은 환하게 웃으며 손을 내밀었다.

"그럼 잘해봅시다. 출발할 때 연락만 주시오."

그렇게 매군은 먼저 떠났다.

철경은 아쉬운 눈빛으로 추신검문을 바라보았다.

솔직히 지금이라도 달려가서 추감혁을 죽이고 싶었다.

무리를 한다면 가능할 것 같았다.

하지만 그냥 단순히 죽일 수는 없었다.

내 가족이 느낀 만큼, 아니, 그 이상의 고통을 준 뒤 죽이고 싶었다.

그리고 추감혁은 구도 상단과 어떤 관련이 있었다. 구도 상단의 누구와 연락을 했는지도 알아야 한다.

그래야 세 번째 복수를 할 수 있었다. 단순히 저놈만 죽이기 위해서 그걸 망칠 수 없었다.

철경은 심호흡을 크게 했다.

"휴우."

그래. 급할수록 돌아가자.

아니, 급할 것도 없다.

당장 추감혁이 어찌 되진 않을 테니까.

토파산에 가서도 마찬가지다.

조심성 많은 추감혁이 무작정 들어가진 않을 테고, 지금은 곤륜파에 딱 달라붙어 있으니, 안전할 것이다.

당장은 납치가 곤란하지만, 동굴 속은 달랐다.

사람이 많을수록 정신이 없을 테고, 납치가 쉬울 것이다.

그리고 허조연과 나머지 혈노비까지 죽인 후, 그곳에서 빠져나오면 된다.

깊게만 들어가지 않는다면, 일이 더 쉬워질 수도 있다.

그렇게 자기 위로를 하면서 집으로 돌아갔다.

하루빨리 진서가 깨어나서 저들을 쫓아가기만을 바라면서…….

하지만 마음대로 흘러가지 않는 것이 세상사였다.

벌써 열흘 하고도 하루가 지났다.

철경은 잡생각을 없애기 위해, 일부러 무공 수련에 매진했다.

자는 시간까지 아껴가며, 본인만의 진천무경을 만들기 위해 노력했다.

해도 뜨지 않은 새벽녘.

뜨거운 열기가 연무장을 메웠다.

하단에 위치한 생어토결의 내공이 굼틀거리더니, 금방 부풀어 올랐다.

그러면서 다른 곳에 위치한 다른 단전들을 툭툭 건드렸다. 그러자 다른 것들이 잔뜩 화가 나서 반발했다.

자연스러운 움직임이다.

그것 때문에 생어토결이 다시 줄어들었다.

이것이 십 성을 넘기지 못한 이유였다.

철경은 방법을 달리했다.

그동안은 무조건 비급대로만 해야 한다고 생각했었다.

굳은 틀에 박혀 있었고, 그래서 한계에 부딪혔다.

하지만 지금은 달랐다.

나만의 방법을 만들 수 있다고 생각하자, 생각의 폭이 넓어졌다.

비급의 내용보다, 조금 더 내 몸에 집중했다.

금륜안을 사용하면서, 겉이 아니라 내 몸을 들여다보려 노력했다.

지금도 금륜안으로 생어토결의 내단을 살폈다.

생어토결은 어떤 성질인가? 본질이 무엇인가? 어떻게 만들어졌고, 어디로 흘러가는가?

그런 것을 생각하면서 느끼려 애썼다.

진서에게서 배운 방법이 도움이 되었다.

굳이 말로 설명할 수 없으니, 객관화하려고는 하지 않는다.

누구에게 가르쳐 줄 것이 아니니, 느끼려 했다.

그냥 내 안에 있는 것을 느끼면 된다.

나와 내공은 하나라는 마음으로 나의 의지를 투영시키려 노력했다.

그렇게 열흘 동안 노력했고, 점점 변화가 생겨났다.

특히 오늘은 뭔가 다르다.

뭔가 크게 울리는 느낌이 들더니, 하단에 자리 잡은 생어토결의 기운이 사라졌다.

내공이 사라진 것이 아니었다.

이제는 담아둘 필요가 없어졌을 뿐이다.

철경은 생어토결의 내공을 다시 형상화시켰다.

모양은 비슷하지만, 성질이 완전히 달랐다.

현재 생어토결의 기운은 하단에만 국한되어 있는 것이 아니라, 온몸에 퍼져 있었고, 단지 형상화되었을 뿐이다.

그 순간 십 성의 경지에 올랐음을 알 수 있었다.

이제는 다른 내단과 부딪칠 이유도 없다.

몸속에 숨어 있다가, 각 내공을 사용할 때만 나타나니까.

필요할 때만 꺼내어 사용할 수 있었다.

"일점파쇄."

시험 삼아 생어토결의 기운을 끌어올렸다.

쿠쿠쿠쿠.

내공이 빠르게 모이면서 주변의 압력이 점점 커졌다.

이전과는 비교할 수 없이 빨랐다.

내공이 모이는 속도도 빠르고, 기운이 혈도를 따라 흐르는 것도 빨랐다.

그리고 위력도 세어졌다.

콰직.

실제로 바닥에 닿지도 않았는데, 바닥의 석판이 깨졌다. 한두 개가 아니라, 철경을 중심으로 반경 십여 장 내에 있는 수십 개가 깨졌다.

단지 풍압만으로 만들어낸 성과였다.

"후우우우."

몸의 내기를 풀어내는 것도 빨랐다.

그래. 무공을 대성하면 수발이 자유롭다는 말이 이런 뜻이구나. 항상 눈앞에서 아른거리던 십 성의 고지를 넘어섰어.

마침내, 생어토결을 대성했다.

"강해졌네."

낯익은 목소리가 들렸다.

철경은 고개를 돌렸고, 진서의 모습이 보였다.

그녀는 문 옆에 서 있었다.

얼굴색은 붉었고, 표정도 밝았다. 물론 여전히 아기 강보를 안고 있지만, 건강해 보였다.

분위기도 조금 달라졌다.

자세히 표현할 순 없지만, 눈빛이 또렷해 보였다.

철경이 말했다.

"괜찮은가 보군."

"어, 이제 머리도 안 아프고…… 기분이 좋아."

"다행이다."

철경은 바닥에 깔린 석판을 치웠다.

그러면서 진서에게 말했다.

"떠날 준비를 해라. 추신검문을 쫓아간다."

"응? 추신검문이 어디 있는데?"

전서는 아무것도 기억하지 못했다.

할 수 없이 철경은 그동안 벌어진 사건들을 시간별로 정리해 주었다.

진서는 철경을 쫓아다니며 열심히 들었다.

"아아. 그런 일이 있었구나. 그런데 이상해. 왜 내가 갑자기 쓰러진 걸까?"

"……."

"계속 내 말을 무시하는데, 뭐라도 대답하지 않으면, 난 여기서 한 발짝도 안 움직일 거야. 물론 짐도 챙기지 않을 테고."

진서는 그대로 바닥에 드러누웠다.

그제야 철경은 걸음을 멈추고, 입을 열었다.

"곤륜파는 도가의 무공이고, 곤륜신협은 그 정수를 익힌 인물이다. 그의 사자후에는 현기가 섞여 있었어. 아마도 그것이 너의 정신에 영향을 미친 것 같다."

"아아. 그렇구나."

그러면서도 진서는 일어서지 않았다.

"그래서 그런가? 개운해. 정신이 조금 맑아진 것 같아. 예전에는 뿌연 안개 속에 있는 것 같았는데, 지금은 그 안개가 사라진 느낌이야."

"……."

"야, 그 자식, 이름이 뭐라고 했지? 곤륜, 뭐라고?"

"곤륜신협 산호."

"그래. 곤륜신협 산호. 꼭 외우고 있다가 납치라도 해야겠다. 그리고 한 번 더 치료를 받아야겠어. 그럼 기억이 돌아올지도 모르잖아."

철경은 생각난 김에 무영문 매군이 준 책을 건네주었다.

"무영문에서 받은 정보다. 고이특문의 문주는 생포하지 못했고, 죽었다더군. 그리고 장로들은 너에 대해서는 잘 모르고 있었어."

진서는 누워서 그 책을 읽었다.

고이특문 장로 세 사람이 진술했던 내용을 기록한 내용이 담겨 있었다.

요약하면 간단했다.

어느 날 고이특문 문주가 여자를 한 명 데려왔다.

죽은 아기를 들고 있었고, 정신이 반쯤 나간 모습이었다. 처음에는 방에 두려고 했으나, 미쳐서 날뛰었다.

그래서 지하 일 층 감옥에 가두었다.

어느 순간부터 그녀는 감옥에서 나와 다가오는 사람들을 공격했다. 무공이 뛰어나서 건들지도 못했고, 결국 지하 일 층을 폐쇄해 버렸다.

그것이 다였다.

"결국, 아는 것이 하나도 없다는 뜻이네."

"그건 아니지."

철경이 설명했다.

"첫째, 너는 고이특문의 인물이 아니다. 둘째, 고이특문의 문주가 직접 데려올 만큼, 교우관계가 있었다. 그것만으로 많은 정보를 유추할 수 있다."

"그런가? 그럼…… 이제 어떡하지?"

"거기 읽어보면 알겠지만, 고이특문의 문주가 매일 기록하는 장부가 있다. 그걸 찾아봐야지. 그리고 네 기억을 되찾는 방법도 있고."

"내 기억을?"

"그래. 도가의 현기가 도움이 되는 것 같으니까……."

"그래. 그놈. 곤륜신협이라는 놈을 쫓아가자."

진서는 그제야 할 마음이 생기는 듯, 벌떡 일어났다.

그리고 일각도 안 되어 짐을 다 꾸렸다.

두 사람은 그 집을 떠났다.

진서도 짐이 적었지만, 철경은 더욱 적었다. 작은 보따리만 하나만 들고 있었다.

진서가 물었다.

"금하고 비싼 물건들이 꽤 많았잖아. 그건 안 가져갈 거야?"

"집을 오 년간 계약했다. 저 안에 둬도 괜찮을 거야."

"하긴, 귀중한 물건들은 모두 땅에 묻었으니, 괜찮겠지."

진서가 다시 물었다.

"그런데 나 때문에 복수도 못하고, 추신검문을 못 쫓아갔잖아. 나한테 화 안 나?"

"……."

"야. 말해봐."

"……."

철경은 말없이 걸었지만, 진서가 따라오면서 계속 쫑알거렸다.

"왜? 아 왜 대답을 안하냐고? 야. 말 안 하면, 할 때까지 물어볼 거다?"

하지만 철경은 더 이상 말하지 않았다.

끝까지 무시했고, 두 시진을 넘게 조르던 진서도 손을 들었다.

"에잇. 빌어먹을 철경 녀석."

하지만 입을 멈춘 건 아니었다.

계속 조잘거렸다.

구름이 토끼 닮았다. 하늘 색깔이 예쁘다. 저 돌멩이는 귀여워서 가져가야겠다. 등등.

예전보다 말이 더 많아진 듯 보였다.

철경이 대꾸하든 말든 신경 쓰지 않았다. 그냥 눈에 보이는 모든 것들을 표현했다.

'설마 기억을 되찾을수록…… 말이 더 많아지는 건 아니겠지?'

철경은 끔찍한 생각이 들었고, 잊어버리려는 듯 발걸음을 빨리했다.

철경과 진서는 고수였다.

경공이 대단했고, 한 명은 체력이, 다른 한쪽은 내공이 뛰어났다.

그렇기에 두 사람이 쉬지 않고 달릴 수 있었다.

둘은 닷새 만에 파사찰에 도착했다.

"우와. 뭔 인간들이…… 이건 너무 많잖아."

진서는 더 이상 숨지 않았다.

철경 옆에서 당당히 모습을 드러내고 걸었다. 주변에서 신기하게 쳐다봐도 신경 쓰지 않았다.

오히려 그녀는 신기하듯 주위를 바라보았다.

그녀의 말대로 이곳은 인간군상의 집합체였다.

크고 넓은 들판에 온갖 종류의 사람들이 모여 있었다. 어림 잡아도 그 수가 오천은 넘은 것 같았다.

철경도 예상보다 많아서 조금은 당황했다.

조용히 무영문만 찾으려 했는데, 쉽지 않을 것 같았다.

특히 두 사람은 눈에 띄는 외모였기에, 사람들의 관심을 끌었다.

'아무래도 잠시 물러서야 하나?'

"혹시, 철경 대협이십니까?"

그때 남자 한 명이 다가왔다.

그는 자신을 무영문 소속이라고 소개했다.

"하하하. 저는 새로 나타나는 사람을 조사하는 임무를 맡았거든요. 그리고 매군 지부장님께서 특별히 언질을 주셨습니다. 철경 대협을 보는 즉시, 모시라고요. 하하. 제가 혹시라도 놓치면 어떡하나? 걱정했는데. 걱정할 필요 없었네요."

그는 말이 많았고, 철경이 말없이 그를 따라갔다.

무영문 복장의 무사는 외곽 쪽으로 안내했다. 그리고 이곳 상황에 대해서도 짧게 알려주었다.

"정말 사람들이 많죠? 소문이 정말 빠르다니까요. 청해는 물론 신강이나 사천성, 심지어 섬서성에 있는 무인들까지 왔습니다. 그리고 제법 이름 있는 단체는 주변에 있는 숲속에 천막을 치고 모여 있습니다."

그의 말이 사실인 듯, 숲속에서 강한 기운들이 흘러나왔다.

"아, 그리고 여불위의 무덤이 토파산에 있다는 알고 계시죠? 저어기, 저기 보이는 산이 토파산입니다."

희미한 안개 너머로 커다란 산이 보였다.

굉장히 높은 산인데, 다른 산과 동떨어져 있었다. 마치 혼자 높게 솟은 느낌이었다.

그는 목소리를 낮추며 말했다.

"각 문파의 탐색전은 벌써 시작되었습니다. 대부분 모르고 있지만, 입구가 발견되었거든요. 자세한 상황은 지부장님께서 설명해 주실 겁니다."

사실 철경에게는 그런 것이 중요하지 않았다.

"추신검문은 어디에 있소?"

"추신검문요?"

그의 표정을 보니, 철경의 사정에 대해서는 모르는 것 같았다.

철경은 다시 물어야 했다.

"곤륜파는 어디에 있소?"

"아, 그쪽 사람들은 저기 동남쪽 숲에 있습니다. 아미파, 청성파 사람들과 같이 있지요. 역시 구대문파끼리 모여 있는 거죠."

아미파와 청성파는 사천성에 위치한 구대문파였다.

상대적으로 이곳 청해와 가까우니, 철경도 올 거라 예상했었다.

"무영문은 어디하고 힘을 합쳤소?"

"하하. 저희는 당문과 제갈세가, 백리세가와 함께하기로 했습니다."

그는 어깨를 으쓱이며 말했다.

사천의 당문은 토목, 기관에 능통했고, 제갈세가는 진법과 기문진에 능했다. 그리고 백리세가는 최근에 감숙성에서 떠오르는 세가였다.

'오대문파와 연합하기로 했구나.'

콧대 높은 세가와 연합하다니, 무영문도 수완이 좋았다.

곧 무영문의 진지가 보였다.

크고 작은 천막들이 다닥다닥 붙어 있었다. 그 수는 수십 개가 넘었고, 이백 명이 넘는 사람들이 돌아다니고 있었다.

옷의 복장이 달라서 쉽게 구분이 가능했다.

'검은색이 무영문인가? 제일 많군. 녹색은 당문 같고, 하얀색이 백리세가인가?'

푸른색 옷이 제갈세가로 짐작되었다.

무영문의 무사는 주변을 둘러보다가, 작은 천막으로 두 사람은 안내했다.

"현재 빈 곳이 여기밖에 없네요. 잠시만 기다려 주십시오. 지부장님을 모시고 오겠습니다."

철경과 진서는 천막 안으로 들어갔다.

작은 탁자 하나와 의자 다섯 개만 놓여 있었다. 높이가 낮아서 철경의 머리가 천장에 닿았다. 그는 무조건 의자에 앉아야 했다.

두 사람은 그곳에서 잠시 기다렸다.

잠시 후, 매군 지부장이 나타났다.

"드디어 오셨구만."

그는 살짝 상기되어 있었다. 의자에 앉지도 않고 말을

이었다.

"하루만 더 빨리 오지 그랬습니까? 그럼 어제 들어갈 수 있었을 텐데."

그의 말에 의하면, 여불위의 무덤의 입구는 벌써 열렸다고 한다.

사흑파가 제일 먼저 이곳에 도착했었다.

문주인 사하기가 직접, 천여 명의 사람들을 이끌고 왔다고 했다.

"나도 봤지만, 정말 준비를 철저히 했더군. 청해성에 있는 모든 지질학자, 기관학자, 대장장이, 도적까지 싸그리 다 끌고 온 것 같았소."

그들은 빠르게 산을 조사했고, 입구도 가장 먼저 찾았다고 한다.

그리고 다른 문파들이 도착할 때쯤에는 벌써 들어가 버렸다.

"그러면서 치사하게 입구를 닫아버렸지 뭡니까? 그래서 우리도 입구를 여는 방법을 찾아야 했고, 어제 겨우 일차 조사단이 들어갔습니다."

사흑파와는 사흘 차이였다.

"추신검문은?"

"추신검문은 동남쪽 숲에 구파와 자리를 잡았습니다. 파사찰의 호족 중 한 곳과 연관이 있는지, 근처 심마니를 다

섭외했더군요. 아무튼 그들도 우리보다 하루 먼저 들어갔습니다."

"그럼 추감혁도 들어갔소?"

"그렇습니다."

흐음. 생각보다 빨리 들어갔구나.

"걱정 마십시오. 곧 이차 조사단을 들여보낼 생각이니까. 그때 같이 가면 됩니다."

"내가 부탁한 것은 어찌 되었소."

"아아, 그건 확실하게 했습니다. 추감혁과 허조연 두 사람에게 천리향을 묻혀놓았죠. 머리카락에 발랐으니, 씻어도 지우지 못할 겁니다. 참고로 몰래 하느라 상당히 힘들었어요."

천리향.

보통 추적을 위해 사용하는 물건이었다.

대상자에 냄새를 묻히고, 냄새를 추적하여 쫓을 수 있었다.

천리향에는 등급이 있는데.

하급은 일반인도 냄새를 맡을 수 있으며, 하루 이틀이면 없어진다. 중급은 무림고수들만 향을 맡았고, 상급은 동물만 향기를 맡을 수 있다고 알려졌다.

철경은 최상급을 요청했었다.

그리고 그 향을 추감혁, 허조연에게 묻혔으니, 그들을

쫓기 위해서는 영물도 필요했다.

"이거 가져오느라 정말 힘들었습니다. 이놈이 바로 천년금와(千年金蛙)입니다."

그는 손바닥 크기의 작은 상자를 내밀었다.

뚜껑을 열자, 작은 두꺼비 한 마리가 들어 있었다.

피부가 금색으로 칠한 것마냥 반짝였고, 양 눈은 검은색이었다. 그리고 큰 눈알을 이리저리 굴리고 있었다.

"요놈이 앉은 방향을 잘 보십시오. 앉은 자세를 보면, 추감혁과 허조연을 찾을 수 있을 겁니다."

"……."

이런 두꺼비가 냄새를 잘 맡을 수 있을까?

순간 의구심이 생겼다.

매군도 그런 마음을 눈치챘는지 한마디 더 했다.

"천년금와는 다른 장점도 있습니다. 요놈은 독을 무슨 특식처럼 여기고 좋아하죠. 그러니까 혹여나 무덤 속에서 독이 보일 때, 이놈은 대비용으로 좋다는 뜻입니다."

철경은 고개를 끄덕이며, 천년금와가 들어 있는 상자를 받았다.

매군은 눈치를 보면서 슬쩍 손을 내밀었다.

"흠흠. 사실 천년금와는 구하기도 힘들고, 빌려주는 것도 쉽지 않아서요. 금액이……."

"여기 있소."

철경은 말이 끝나기 전에 금이 가득 든 주머니를 던졌다. 무게만 가늠해도, 차고 넘치는 금액이었다.

매군은 환한 웃음을 지었다.

“하하. 고맙습니다. 그럼 여기서 잠깐 기다리시죠. 이틀 후 이차 탐험단이 들어갈 예정이니까. 그전에 다른 사람들을 소개시켜 주고, 쉴 수 있는 천막도 준비하겠습니다.”

그리고 자리를 비웠다.

진서가 철경에게 물었다.

“추감혁이 벌써 들어간 것 같은데. 어떡할 거야?”

“따라 들어가야지.”

“두꺼비까지 준비해 달라고 한 거 보니까, 너어, 여기까지 예상하고 있었구나.”

“만약을 위해 준비했을 뿐이다.”

진서가 더 늦게 깨어날 수 있을 거라 생각했다.

그래서 만약 무덤 안에 들어가도 추감혁을 찾을 수 있게 천리향과 영물을 부탁했었다.

물론 두꺼비인 줄은 몰랐지만.

“만약에 그놈이 무덤 안에서 죽으면 어떡해?”

“그땐…… 시체라도 찾아야지.”

하지만 그럴 리는 없다고 생각했다.

추감혁의 성격상, 위험한 일에 먼저 나서지 않을 테니까. 그리고 이렇게 대규모로 움직이면 속도가 느릴 거고…….

펄럭.

갑자기 천막의 입구가 흔들였다.

그리고 한 사람이 안으로 들어왔다.

작은 여자아이였다.

열 살이 조금 넘었고, 푸른빛이 도는 옷을 입고 있었다. 뒷머리는 단정히 묶었고, 앞머리는 눈썹 위까지 나란히 잘랐다.

상당히 귀엽게 보이는 외모였다.

그런데 아이의 태도가 더 놀라웠다.

철경과 진서를 힐끔 보더니, 살짝 고개를 숙였다.

예의는 갖춘 것 같으나, 전혀 미안하지 않은 태도였다. 그리고 표정 변화가 거의 없었다.

"실례 좀 할게요. 일각 정도 있다가 나갈 테니까, 신경 쓰지 마세요."

그리고 철경 앞, 탁자 밑에 작은 몸을 밀어 넣었다.

몸을 숨기는 모양새였다.

"어머머. 너어 뭐야? 숨박꼭질이라도 하는 거야?"

진서가 재미있다는 듯, 아이에게 말을 걸었다.

하지만 아이는 아무 말도 하지 않았다. 그저 눈을 감고 가만히 앉아 있었다.

진서가 몇 번이고 물었지만, 미동도 하지 않았다.

진서는 불쑥 철경에게 물었다.

"혹시 네 딸이니?"

"뭐?"

"그렇잖아. 하는 짓이 완전히 똑같아. 무뚝뚝하고, 사람 말 무시하고."

"……."

그러자 철경도 듣기 싫은지 눈을 감았다. 그러자 진서는 더욱 놀렸다.

"이것 봐. 소름…… 완전 판박이야."

펄럭.

다시 천막 문을 흔들렸다.

또 한 사람이 들어온 것이다.

이번에는 짧은 턱수염을 지닌 노인이었다.

"어라, 사람이 있었네. 아침에만 해도 아무도 없었는데."

그리고 철경을 보면서 혀를 내두르며 놀랐다.

"우와. 너는 뭐야? 어릴 때 도대체 뭘 먹었길래 이렇게 키가 큰 거야."

그 놀라움 속에는 부러움과 질투심이 섞여 있었다.

노인의 키는 매우 작았다.

평생을 오척단신으로 살았고, 나잇살까지 쪄서 옆으로 살짝 벌어진 상태였다.

반면 철경은 노인이 입은 옷을 바라봤다. 그는 녹색 옷에 당피를 신고 있었는데, 사천당문의 인물이란 뜻이다.

'사천당문의 키가 매우 작은 노인이라.'

한 사람이 떠올랐다.

무영문에서 받은 자료에는 각 문파를 대표하는 인물들이 적혀 있었고, 모두 외우고 있었다.

이 노인은 만병공수 당삼재라 예상했다.

사천당문.

무림오대세가 중 한 곳으로 사천성에서 가장 큰 문파였다. 독과 암기를 주로 사용했고, 상당히 폐쇄적인 성향을 지녔었다.

당삼재는 그런 사천당문에서 상당히 유명했는데, 야금술(冶金術)의 장인이기 때문이다.

야금술은 풀무 야에 쇠 금을 써서 금속을 다루는 전반의 기술을 의미했다.

사실 당삼재는 무공에는 재능이 없었다. 그래서 어릴 때부터 야금술을 배웠었는데, 그 덕분에 지금은 현 당문에서 가장 뛰어난 장인이 되었다.

그가 개발한 암기만 수백 개, 때문에 아무도 그를 무시하지 못했다.

하지만 그에게는 치명적인 약점이 있으니,

바로 키가 작다는 것.

그것 때문에 사람 만나는 걸 극도로 싫어했다. 그리고 키가 크거나 잘난 사람들을 좋아하지 않았다.

지금도 당삼재는 기분 나쁜 표정으로 철경을 쳐다보았다.

그리고 퉁명스럽게 물었다.

“넌 이름이 뭐냐?”

“…….”

“야. 대답 안 해? 지금 내 말을 무시하냐?”

“철경.”

순순히 대답해 주었지만, 그게 시작이었다.

당삼재는 눈을 불을 켜고, 계속 물었다.

“내가 네놈 동생이야? 왜 이렇게 말이 짧아? 어른이 물어보면, 어디 철 씨 가문에 나이는 몇이고, 전부 얘기해야지.”

따지듯이 쏘아붙였다. 그런데 이번엔 철경 대신, 진서가 대꾸했다.

“야. 넌 뭔데, 꼬치꼬치 캐물어?”

“야아? 너 방금 나보고 ‘야’라고 했냐?”

당삼재는 눈을 부릅뜨며, 기가 막힌다는 듯 되물었다.

진서는 아무렇지도 않게 대답했다.

“그래. 너도 ‘야’ 라고 했잖아.”

“내가 너랑 같아? 너어, 내가 누군지 몰라?”

“몰라. 우리 오늘 처음 만났잖아.”

“우아아.”

당삼재는 뒷목을 붙잡았다.

나이도 어려 보이는 여자가 꼬박꼬박 말대꾸를 하다니.

최근 이십 년 동안 이런 일은 처음이었다.

"이거, 이거 완전 미친년일세."

"그래. 난 미친년 맞아. 그럼 넌 뭐야? 땅딸보야?"

"따, 땅딸보? 이년이 감히……."

당삼재는 그 말에 극도로 화를 냈다.

허리춤에 달려 있는 암기 통을 붙잡을 정도였다.

당삼재는 무공이 뛰어나지 않았다.

경공과 금나술 몇 개만 제대로 익혔다. 대신 부족한 부분은 자신이 만든 암기로 보충했다.

특히 '은형화통'이란 물건을 애용했는데.

단추 하나만 눌러도 수천 개의 우모침이 벼락처럼 쏟아지는 무기였다.

무림에는 비슷한 형태의 암기가 많지만, 당삼재의 것은 특별했다. 굵기가 손가락 정도로 얇아 들고 다니기 좋았다. 그리고 한 번 발사하면, 초절정의 고수도 못 피할 만큼 빨랐다.

또 당문 특유의 극독이 묻어 있어 대라신선이 와도 못 고친다고 호언장담했다.

하지만 그건 단추를 눌렀을 때 얘기였다.

당삼재가 은형화통을 잡는 순간, 그의 목 앞에 칼날이 쑥 들어왔다.

진서의 것이다.

그녀는 무덤덤한 얼굴로 물었다.

"계속 말해봐? 이년이 뭐라고?"

"이이익……."

"마음에 안 드는 노인네네. 그냥 죽여 버릴까?"

농담이 아닌 듯, 검에 힘을 살짝 실었다. 살갗에서 피가 주르르 흘렀다.

당삼재는 당황하며 소리쳤다.

"이, 이봐. 난 당삼재라고. 당문 인물이야. 천막 밖에 당문 애들 돌아다닌 거 안 보여?"

"당문이 뭔데?"

그녀는 정말 몰라서 물었다.

그러자 당삼재는 말문이 막히고 말았다.

정말로 모르는 말투였고, 그런 그녀를 저지할 방법이 없었던 것이다.

'무, 무식하면 용감하다더니.'

이렇게 어이없이, 이렇게 죽을 수도 있겠구나 싶었다.

"그만해."

철경이 끼어들었다.

단 한마디 했을 뿐인데, 진서가 단검을 거두었다.

그러자 당삼재는 철경이 다시 보였다.
뭐지 이놈은?
그런 눈빛이었다.
철경이 그에게 말했다.
“우린 무영문의 소개로 왔소.”
그러니 싸울 필요는 없다는 뜻이다.
하지만 이미 당삼재는 화가 난 상태고, 치욕과 모멸감을 느끼고 있었다.
‘은혜는 두 배로 갚고, 원한은 열 배로 갚는다.’
당문의 가풍으로 잘 알려진 문구였다. 그러니 당삼재도 그냥 넘어갈 리가 없었다.
막 화를 내려 할 때, 철경이 물었다.
“이곳에는 왜 들어왔소?”
그 말에 당삼재는 정신을 번쩍 차렸다.
“아차. 내기 중인 걸 잊었구나.”
그는 갑자기 탁자 쪽으로 걸어갔다. 그러면서 말했다.
“흠흠. 너희들! 나중에 두고 보자. 지금은 내가 중요한 일이 있어 넘어가지만, 나중에 어떤 식으로든…….”
그러다가 말을 바꾸었다.
“아니다. 오늘은 내가 기분 좋게 넘어가 줄게. 그러니까 내가 시키는 대로 해라. 조금 있다가 이상한 여자아이가 들어올 수도 있어. 제갈세가 복장을 하고, 얼굴 하얗고 무뚝뚝하게 생긴 여자애가…… 허억."

당삼재는 탁자 밑으로 들어가려다 놀라서 뒤로 비틀거렸다. 하마터면 볼썽사납게 넘어질 뻔했다.

"너어, 너어, 어떻게 여기에 있는 거야?"

탁자 밑에는 이미 여자아이가 있었고, 당삼재는 눈을 부릅떴다.

마치 귀신을 본 것처럼 놀랐다.

반면 여자아이는 탁자 밑에서 기어 나왔다. 그리고 옷을 툭툭 털면서 말했다.

"당 어르신. 제가 어르신을 찾아냈으니, 이번 내기는 제가 이긴 겁니다."

이제 보니 두 사람은 숨바꼭질을 하고 있었다.

아무래도 당삼재가 숨는 쪽이었고, 여자아이가 찾는 쪽인 것 같은데.

그런데 여자아이는 왜 먼저 와서 숨어 있었던 걸까?

당삼재도 그걸 물었다.

"야. 네가 왜 여기에 있어? 나를 찾아야 할 놈이 여기서 뭐 하는 거냐고?"

"이 근처에서 당 어르신이 숨을 곳은 여기밖에 없으니까요. 그래서 먼저 와서 기다리고 있었습니다."

"그게 무슨 말이야? 근처에 천막이 백 개가 넘고, 조금만 가도 전부 숲이잖아."

"숲속에는 안 숨는다고 말씀하셨잖아요."

"아, 그렇지. 하지만 천막 뒤에 숨을 수도 있고, 천막 위에 숨을 수도 있지. 아무튼, 왜 여기냐고?"

여자아이는 담담하게 설명했다.

"당 어르신은 사람 많은 곳을 싫어하시잖아요. 그리고 누구에게 부탁하는 것도 극도로 꺼려 하시고요. 그러니까 이미 주인이 있는 천막에는 절대 숨지 않으실 겁니다."

"끄응."

아이의 말이 맞았다.

당삼재는 부탁하는 걸 싫어했다.

"우리가 지은 천막 중에서 손님용으로 만들어진 건 세 개 있습니다. 그중 두 곳은 어제부터 손님이 있었고요. 즉 남은 한 곳은 여기밖에 없죠."

"천막 위에 숨을 수도 있었다. 실제로 그런 생각도 했고."

여자아이는 고개를 끄덕였다.

"그럴 수도 있죠. 하지만 당 어르신은 겉으로 툴툴거려도 속은 따뜻하신 분입니다. 저 같은 어린아이가 천막 위로 갔다가 다칠 수도 있잖아요. 그래서 선택하지 않을 거라 생각했어요."

당삼재는 말문이 막혔다. 실제로 그렇게 생각했기 때문이다.

"천막 뒤도 마찬가지죠. 지나가는 사람들의 시선이 부담스러울 테니, 무조건 안으로 들어가셨을 겁니다."

"끄응."

아이의 설명은 거침이 없었다.

그리고 당삼재는 화를 내려다, 그냥 헛웃음을 지었다.

"허어. 참, 제갈 가문의 꼬마가 천재 중에 천재라 말은 들었는데. 오히려 모자란 부분이 있구나. 너어, 정말 일곱 살 맞느냐?"

"제가 태어난 지, 정확히 이천육백구십 일입니다. 그러니 일곱 살이 맞네요."

"빌어먹을. 좋다. 이번 내기는 네가 이겼다."

둘은 오늘 처음 만났다.

여자아이는 제갈민, 제갈세가 사람이었다.

반 시진 전에 혼자서 당삼재를 찾아서 숨바꼭질 내기를 청했다.

당삼재도 심심했는지라 내기에 응했고, 결과가 이렇게 나버렸다.

결국 제갈민이 내기에 이겼다.

하지만 아이는 웃지 않았다. 일곱 살답지 않게 무표정으로 말했다.

당당하게 당삼재에게 요구했다.

"약속을 지켜주세요."

"휴우. 그게…… 아무래도 그건 좀……."

"설마 천하의 당삼재 어르신께서, 본인의 이름을 걸고 한 약속을 어기는 건 아니죠?"

제갈민이 야무지게 따졌다.

당삼재는 울상을 지으며 머뭇거릴 뿐, 대답하지 못했다.

그 모습이 웃겨 보였는지, 진서가 끼어들었다.

"야. 나도 내기 좋아하는데, 무슨 내기를 한 거야? 나도 가르쳐 줘."

"미친년은 절로 가거라."

"흥. 땅딸보에게 물은 거 아니거든. 귀여운 꼬마야. 너는 이름이 뭐냐?"

"제갈민요."

"그래. 제갈민아. 무슨 내기를 한 거니?"

"안 돼. 말하지 마."

당삼재가 말렸지만, 제갈민은 쉽게 입을 열었다.

"당 어르신이 숨은 후, 제가 일각 내로 찾으면, 제 부탁을 들어주시기로 하셨습니다."

"무슨 부탁인데?"

"당 어르신께서는 이차 조사단으로 여불위의 무덤 안으로 들어가시거든요. 그때 저도 같이 가려고요."

당삼재가 고개를 저었다.

"안 돼. 아무리 생각해도 너 같은 꼬마 애를, 어떻게 무덤 안으로 데리고 가냐?"

"왜 안 됩니까?"

"위험하잖아."

당삼재는 당연하다는 듯 소리쳤다. 하지만 제갈민에게는 씨알도 먹히지 않았다.

"당 어르신께서 지켜주시면 되죠. 그리고 첫 번째 조사단이 들어간 후니까 충분히 안전한 것 같은데요."

"그래도 안 돼. 만약에라도 잘못되면, 너희 세가에 무슨 소리를 듣겠어?"

"그렇게 반대하실 거면, 애초에 내기를 하지 말았어야죠."

"끄응."

아이의 말이 맞았다.

애초에 호기심에 제갈민과 내기를 한 것이 잘못이었다.

"그러지 말고, 다른 보상을 해주면 안 될까? 내가 아끼는 암기를 줄게. 호신을 위해 꼭 필요할 거야."

"안 됩니다."

"정확히 말하면, 아직 찾은 것은 아니지."

모두의 시선이 철경에게 향했다.

철경이 끼어들었기 때문이다.

제갈민은 물었다.

"무슨 뜻이죠?"

"숨바꼭질은 숨어 있는 사람을 찾아내는 놀이다. 하지만 당삼재 어르신은 아직 숨지 않았어. 숨기 직전에 너를 발견했으니까."

"옳거니."

당삼재는 손뼉을 쳤다. 쾌재를 부르며, 아이에게 말했다.

"그렇다. 나는 아직 숨지 않았어. 그러니까 내기는 끝나지 않았고, 소원을 들어줄 필요도 없지."

보통 아이라면, 화를 내거나 우길 수도 있었다.

하지만 제갈민은 달랐다. 고개를 끄덕이며, 수긍했다.

"일리가 있네요. 그럼 다시 숨으세요. 제가 다시 찾을 테니까요."

"그, 그럴까?"

다행히 한숨 돌렸지만, 당삼재는 신중할 수밖에 없었다. 제갈민이 보통 아이가 아니라는 걸 알았으니까.

'제길, 어떡하지? 어디로 숨을까?'

마음만 먹으면 숨을 곳은 많았다.

제갈민이 예상하지 못할 곳으로 가면 된다.

아예 친분이 없는 백리세가를 찾아가도 되고, 그나마 친분이 있는 무영문을 찾아가도 된다.

아니면 아예 제갈세가로?

머리에서 쥐가 날 정도로 고민했다. 하지만 왠지 제갈민은 금방이라도 찾아낼 것만 같았다.

지금도 제갈민이 보고 있는데, 차분한 눈빛이 예사롭지 않았다.

"혹시라도 내기를 포기하시면 안 됩니다. 진 것으로 간주하겠습니다."

제갈민이 말에 당삼재는 속으로 울상을 지었다.

이렇게 난처한 적이 있었던가?

그때 구원의 목소리가 들렸다.

[원한다면, 도와주겠소.]

철경의 전음이었다.

좀 전에도 철경의 도움을 받은 터였다.

당삼재는 헛기침을 하는 척하면서 전음을 보냈다.

[만약 도와주면, 좀 전에 벌어졌던 무례는 없던 걸로 하겠네. 그리고 나와 친하게 지낼 기회를 주지.]

[그것보다 물건을 하나 만들어주시오.]

[물건?]

[만병공수라 불리는 분이니, 어렵진 않을 거요.]

[흐음]

당삼재는 빠르게 계산했다.

평소에도 병기나 물건을 만들어달라는 사람은 많았다 하지만 대부분 거절했었다.

대문파의 수장이 부탁하면 고민 정도는 해보겠지만. 이

런 듣도 보도 못한 놈이 부탁을?

끄응.

하지만 지금은 눈앞의 어린 여자아이가 더 큰 일이었다.

[좋아. 그렇게 하지. 내 이름을 걸고 약속하겠네.]

철경은 전음을 짧게 보냈다.

[내기를 미루시오.]

그 이야기를 듣자마자, 당삼재는 옳다구나 싶었다.

곧바로 제갈민에게 말했다.

"흠흠. 갑자기 내가 몸이 좋지 않구나. 그러니 내기를 뒤로 미뤄야겠다. 미안하다."

물론 무기한 연장이었다.

내기를 포기한 것은 아니니, 뭐라고 할 수도 없었다.

제갈민은 처음으로 말문이 막혔다.

잠시 생각하더니, 철경을 바라봤다.

"그쪽이 도와주셨군요."

"왜 그렇게 생각하지?"

"조금 전에도 도와줬으니까요. 합리적 의심이죠."

"의심은 의심일 뿐이지."

제갈민은 가만히 철경을 바라봤다.

철경은 눈을 피하지 않았다. 두 사람은 서로를 한참 동안 쳐다봤다.

제갈민이 먼저 입을 열었다.

"세상에는 정말 사람이 많군요. 존함을 여쭤봐도 될까요?"

"철경이다."

"무영문의 소개로 무덤 속에 들어가시려고요?"

한눈에 철경의 배경까지 파악했다.

역시 보통 아이는 아니었다.

우르르르르.

그때였다.

갑자기 땅이 흔들거렸다.

무공이 약한 사람은 넘어질 정도로 강한 지진이었다.

제갈민은 앞으로 넘어지려 했고, 철경이 그녀의 옷을 잡고 번쩍 들었다.

다른 사람들은 어렵지 않게 균형을 잡은 후, 주위를 둘러보았다.

"산에서 연기가 난다!"

천막 밖에서 누군가 소리쳤다.

네 사람은 천막 밖으로 나갔다. 과연 멀리 보이는 토파산에서 검은 연기가 올라가고 있었다.

곧 소란이 벌어졌다.

"서, 설마……."

"열렸다. 입구가 열린 거야."

"그럼 가야지."

"가자!"

사람들이 소리쳤고, 분위기가 달라졌다.

그때부터는 전쟁이었다.

밥을 먹던 사람도, 잠을 자던 사람도 모두 무기를 들었다. 그리고 일제히 산을 향해 달리기 시작했다.

그나마 정신이 조금이나마 있는 사람들은 짐이라도 챙겼다.

하지만 대부분이 그냥 달렸다. 경쟁에 밀려날까 봐 조급해진 탓이다.

결국 그 많던 사람들이 다 가버리고, 이곳은 텅 비었다.

대문파도 비슷했다. 비상이 걸렸다.

무영문의 주최로 회의가 열렸고, 각 문파의 수장들이 모였다. 그리고 지금 당장 이차 탐사대를 보내자는 안건을 꺼냈다.

무영문을 필두로 당문, 제갈세가, 백리세가 사람들이 모였다.

문파의 중진들만 모였기에 스무 명 내외였다.

사실 말할 내용이 많지 않았다. 이미 이차 조사단의 인원은 정해져 있었고, 물품도 준비가 되었다.

몇 가지 내용만 조정했다.

"예상 못 했던 폭발입니다. 뭔가 잘못되었다는 의미일 수도 있죠. 거기에 대비를 해야 합니다."

"인원을 조금 늘려야 할까요?"

"저는 인원보다, 보급을 늘여야 한다고 생각하는데요. 일차 조사단이 다칠 수 있으니, 구호물품을 늘리는 게 맞지 않을까요?"

"일리가 있습니다. 일반 무사들도 전부 저쪽으로 달려갔으니, 예상보다 훨씬 복잡해질 겁니다."

"그렇기에 인원부터 늘려야 합니다. 무덤 속에서 싸움이 벌어질 수 있는데, 믿을 수 있는 사람은 저희 동맹뿐이니까요."

"으음."

분위기는 인원도 늘리고, 물품도 늘리자는 방향을 흘러갔다.

무영문의 매군도 이때다 싶어 말을 꺼냈다.

"그럼 저희 무영문도 인원을 늘리고 싶습니다. 저희 무영문 소속은 아니지만, 믿을 수 있는 사람이 있어서요."

하지만 그 말을 꺼내기 무섭게 당문에서 반대했다.

"다른 문파 소속은 안 됩니다."

"정말 믿을 수 있는 사람입니다."

"이름이 어떻게 됩니까? 저희가 들어본 적이 있나요?"

"강호에 뛰어든 지 얼마 안 된 신진 고수입니다. 이름이 철경이라고…….”

“별호는요?”

매군이 곤란한 듯 대답했다.

“별호는 아직 없지만……. 무공이 정말 뛰어납니다.”

“그쪽에서 보면 뛰어날 수도 있겠죠.”

매군을 비웃었다. 당문 사람들은 같은 말이라도 재수 없게 말하는 경향이 있었다.

‘썩을 놈들.’

매군의 얼굴을 살짝 붉어졌다.

“흠흠. 제 무공은 뛰어나지 않지만, 보는 눈은 있다고 자부합니다. 분명 대문파에 견주어도 손색이 없습니다.

“무공이 뛰어나면, 더 곤란합니다.”

이번에는 제갈세가에서 반대했다.

“그렇게 무공이 뛰어난 사람이 나중에 딴마음이라도 먹는다면 대책을 세우기 힘드니까요.”

“걱정 마십시오. 혹시 문제를 일으키면, 제가 책임지겠습니다.”

“무영문을 얕잡아보는 건 아니지만, 문제가 터진 후에 책임지는 것이 무슨 소용 있겠습니까? 문제가 생기기 전에 방지하는 게 중요하지요.”

“하지만…….”

매군은 그나마 우호적인 백리세가 쪽을 바라봤다.

평소 친분이 있던 백리종이 나섰다.

"그래도 무영문에서 공식적으로 추천하는 사람입니다. 이렇게 강하게 반대할 필요 있을까요?"

"흐음. 그럼 이렇게 하시죠. 지금은 급한 상황입니다. 손발이 맞는 저희가 먼저 들어가고, 무영문에서 추천하는 사람은 삼차 조사단으로 들어가는 걸로 하죠."

"맞습니다. 그렇게 하시죠."

"끄응. 알겠습니다."

백리종도 이 정도로 하자는 신호를 보냈고, 다른 문파들도 더 이상 말을 꺼내지 않았다.

매군은 한숨을 쉬며, 고개를 끄덕였다.

회의는 일각 내로 마무리되었다.

무영문, 제갈세가, 당문, 백리세가 사람들은 각자 빠르게 움직였다.

그리고 몇몇 사람들이 철경이 있는 천막으로 차례로 들어왔다.

먼저 당문에서 당삼재를 찾아왔다.

"장로님. 여기 계셨군요. 지금 이차 탐험대가 들어간다고 합니다. 지금 당장……."

"난 안 가련다."

"네에? 하지만……."

"야. 지금 저 인간들이 개떼처럼 올라가는 걸 봤는데, 나

보고 거길 들어가라고?"

당삼재는 사람 북적거리는 걸 굉장히 싫어했다. 당문의 무사도 평소 당삼재의 성격을 아는지라, 말문이 막혔다.

수틀리면 혼자서 당문으로 돌아갈 사람이 당삼재였다. 부가주도 미리 언급을 한지라, 그는 얌전히 물러났다.

다음에는 제갈세가에서 사람이 찾아왔다. 이번 여행의 책임자인 제갈강재가 직접 제갈민을 찾았다.

"왜 여기에 있느냐? 사람들이 얼마나 찾았는지 아느냐?"

"죄송합니다."

"주변을 보면 알겠지만, 너무 바쁜 상황이다. 보모 노릇을 해줄 사람이 없다는 뜻이다. 그러니 이제부터는 숙소에 들어가서 꼼짝 말고 있어라."

차갑고 명령하는 말투였다.

제갈민은 가만히 듣고 있다가 한마디 했다.

"숙부님. 저도 같이 가고 싶습니다."

"또 그 소리. 안 된다고 했다."

"아시잖습니까? 제가 도와드릴 수 있는 일이 분명 있을 겁니다."

"그만하거라."

제갈강재는 단 한마디로 일축했다.

그의 얼굴에 떠오른 표정은 차가움을 넘어서서 냉혹했다.

"이 문제는 더 이상 언급 말라고 했는데, 너는 정말 구제

할 수 없는 아이구나."

"……죄송합니다."

"다시 한번 말하지만, 쓸데없는 짓 하지 말고 숙소에 가만히 있거라. 알겠느냐?"

그는 살기까지 일으키며 물었고, 제갈민은 얌전히 고개를 숙였다.

같은 집안이고, 일곱 살짜리 아이를 대하는 태도치고는 이상했다.

지나치게 과하다는 생각이 들 정도였다.

제갈강재도 그제야 주위의 사람들의 시선을 느꼈다. 그는 헛기침을 하면서 서둘러 떠났다.

당삼재는 그 모습을 보고, 느낀 것이 있었다.

당삼재는 어릴 때부터 키가 작았다.

무공의 재능도 없어서, 따돌림을 당했었다. 특히 세가 사람들이 제일 무시했고, 심지어 없는 사람 취급했다.

야금술의 재능이 발견되기 전까지, 그는 십 오년을 그렇게 살아왔었다.

그래서 제갈강재의 눈빛만 보고 알 수 있었다.

그는 제갈민을 싫어했다.

제갈세가의 사람들 전부 비슷했고, 제갈민은 세가 사람들에게 따돌림을 당하고 있었다.

당삼재는 제갈민에게 동병상련의 감정을 느꼈고, 아이

의 어깨를 다독여 주었다.

그때 마지막으로 무영문의 매군이 찾아왔다.

그는 철경에게 고개를 숙이며 사과했다.

"흠흠. 미안합니다. 지금 이차 조사단이 출발하려고 준비 중인데…… 내가 철경 대협도 같이 갈 수 있게 다른 문파 사람들에게 강하게 요청했는데도 불구하고……."

"그들이 반대했소?"

"그렇습니다. 지금 같이 급한 상황에서 모르는 사람과 같이 갈 수 없다고 우기고 있습니다."

"할 수 없지. 우린 따로 들어가겠소."

매군은 정말 미안했는지, 한마디 더 했다.

"조만간 무영문에서 인원이 충원될 겁니다. 그리고 오 일 후, 삼차 조사단이 들어가기로 했으니, 그때 들어오시죠."

"생각해 보겠소."

"휴우. 만약 따로 들어가겠다면, 이걸 사용하십시오."

그는 들고 있던 커다란 자루를 두 개 내려놓았다.

"이 안에는 동굴 조사에 필요한 물건들이 들어 있습니다. 빛을 내는 야명주와 밧줄, 식수와 먹을거리, 둘이 간다면 최소 한 달 정도는 버틸 수 있는 양입니다."

철경은 고개를 끄덕이며, 자루를 받았다.

등에 멜 수 있고, 움직임에 불편함이 없도록 잘 만든 물건이었다.

매군도 돌아가고, 곧 이차 조사단이 떠났다.

남은 사람은 철경과 진서 그리고 당삼재, 제갈민, 그리고 숙소를 지키는 십여 명에 불과했다.

그렇게 사람들이 떠난 후에 마침내 철경이 움직였다.

그런데 그는 사람들을 따라가지 않았다.

토파산 쪽이 아니라, 오히려 뒤쪽으로 향했다. 물론 진서도 그를 따랐다.

지금까지 말이 없던 제갈민이 당삼재에게 물었다.

"저 두 사람들은 어디로 가는 걸까요?"

"저놈들?"

"네. 다른 사람들은 전부 토파산으로 향하는데, 두 사람은 오히려 반대로 가잖아요. 궁금하지 않으세요?

"나는 별로……."

"내기를 없던 일로 해드릴게요. 대신 따라가 봐요."

"저놈들을?"

"네."

쫓아가는 건 귀찮았다.

하지만 찝찝한 내기를 없애준다는 말이 더 마음에 들었다.

당삼재가 물었다.

"그럼 이제 내기는 없는 거다."

"네."

"그리고 멀리서 구경만 할 생각이다."

"물론이죠."

"좋아. 가 보자."

당삼재는 몸을 숙여 등을 내밀었다. 제갈민은 망설임도 없이 업혔다.

그렇게 당삼재는 제갈민을 업고, 철경을 쫓아갔다.

철경은 동남쪽으로 향했다.

그의 목적지는 추신검문이 있는 천막이었다.

분명 구대문파 사람들도 토파산으로 갔을 테니, 비어 있을 것이다. 추감혁과 허조연이 남긴 흔적을 먼저 살핀 후에, 그들을 쫓을 생각이었다.

철경은 작은 언덕 위로 올라갔다.

추신검문과 구파가 머무는 천막들이 잘 보이는 위치였다.

예상대로 지키는 사람들이 거의 없었다.

저 중에서 추신검문의 천막은 어디 있을까?

철경이 금륜안으로 자세히 살폈다. 그때 진서는 뒤를 돌아보았다. 십여 장 거리에 당삼재와 제갈민이 있는 걸 눈치챘다.

진서는 철경에게 물었다.

"저놈들 쫓아낼까?"

"네 마음대로 해라."

"알았어."

철경은 신경 쓰지 않았고, 진서는 몸을 살짝 비틀었다.

그러자 그녀의 몸이 사라졌다.

반면 당삼재는 제갈민과 얘기를 나누고 있었다.

“여긴 구대문파 놈들 소굴인데. 왜 쳐다보는 거지? 뭘 훔치러 왔나?”

“그럴 수도 있죠. 하지만 그럴 사람으로 보이진 않는데요.”

“그럼?”

“저야 모르죠.”

“쳇. 모든 걸 아는 것처럼 잘난 척하더니.”

그때 당삼재 뒤에서 작은 목소리가 들렸다.

“야. 너흰 왜 쫓아왔어?”

“허억.”

당삼재는 진심으로 놀랐다.

분명 앞에 있던 진서가 바로 뒤에서 나타났으니까.

당삼재는 자신의 가슴을 붙잡더니, 되레 소리쳤다.

“야. 이년아. 심장 떨어질 뻔했다.”

“왜 왔냐니까?”

“어딜 가든, 내 마음이야!”

“근데 왜 소릴 질러? 이 땅딸보가.”

“또 땅딸…… 이 미친년이 진짜? 넌 장유유서도 모르느냐?”

“난 그런 거 몰라.”

"하아아. 진짜 사람 미치게 만드네."

한평생 본인이 정해놓은 고집 속에 살아온 당삼재였다.

나이도 먹을 만큼 먹었고, 당문의 지위도 있으니 웬만하면 흔들리지 않았다.

그런데 오늘만큼은 제대로 흔들렸다.

마음대로 할 수 없는 인물을 둘이나 만난 것이다. 하필이면 또 둘 다 여자였다.

답답해서 죽을 것 같았다.

그러는 사이, 철경은 추신검문의 천막으로 의심되는 곳을 찾았다.

그쪽으로 가려는데, 문득 이상함을 느꼈다.

뒤쪽 숲으로 눈을 돌렸고, 숲의 형세가 달라진 것을 깨달았다.

'숲이…… 비뚤어져 있다?'

숲은 형태가 일정하지 않다.

여러 나무들이 각양각색으로 섞여 있고, 나무마다 종류가 다르고, 성장 속도도 다르기 때문이다.

그걸 감안해도, 한 부분에서 비정상적으로 올라가 있었다.

묘한 위화감도 느껴졌고, 곰곰이 생각하다가 금륜안을 일으켰다.

그리고 깨달았다.

나무가 달라진 것이 아니라. 바닥이 변했다.

한쪽 땅바닥이 이상할 정도로 솟아올랐다.

금륜안 투시 단계로 보니, 더욱 수상했다.

그 지점이 서서히 부풀어 오르더니, 조금 꺼졌다. 마치 땅속에 생물이 숨을 쉬는 것 같았다.

철경은 고민 끝에 그쪽으로 달려갔다.

문제가 발생했을 때에는 어떤 문제점인지 파악해야 한다. 그래야 변수를 줄일 수 있었다.

진서와 당삼재도 싸움을 멈추었다. 철경이 달려가는 모습을 보고, 진서가 쫓아갔기 때문이다.

"뭐 하세요? 가야죠."

제갈민은 당삼재에게 신호를 보냈고, 두 사람도 철경을 따라갔다.

곧 그들은 철경을 볼 수 있었다.

그는 참나무가 모여 있는 숲에 엎드려 있었다. 처음에는 귀를 바닥에 대더니, 나중에는 바닥을 뚫어져라 바라봤다.

그 모습이 이상해서, 당삼재는 고개를 갸웃거렸다.

'도대체 뭐 하는 거야?'

하긴 미친년과 같이 다니는 놈이 멀쩡할 리 없지.

저놈도 미친놈이라 판명 지었다.

"저 내려갈래요?"

제갈민은 당삼재 등에서 내려와서 철경이 하는 모습을 자세히 살폈다.

바로 그때, 철경이 갑자기 고개를 들었다.

그리고 뒤로 달리면서 소리쳤다.

"모두 피해!"

콰직.

그가 일어난 직후에 갑자기 바닥이 갈라졌다. 그러더니 바닥이 꺼져버렸다.

우르르르.

쿠웅. 쿵.

"으아아악. 무, 뭐야!"

당삼재는 소릴 지르며 뒤로 물러났다.

진서는 이미 저 멀리 도망간 후였다.

문제는 제갈민이었다.

그녀는 당삼재 등에서 내려왔기 때문이다.

반경 수십 장의 땅이 갑자기 꺼졌다. 제갈민도 떨어질 수밖에 없었다.

"이런 빌어먹을."

당삼재는 나중에 깨달았다.

쫓아가고 싶었지만, 마음대로 되지 않았다. 바닥이 흔들리면서 자신도 몸을 가누기 힘들었다.

도대체 무슨 일이 생긴 걸까?

잘 모르지만, 바닥에 커다란 구멍이 생겨났다. 그리고 그 안에 있는 모든 것이 떨어졌다.

지금 아이를 걱정할 때가 아니었다.

그도 발을 디딜 곳이 없어 떨어졌고, 공중에서 허우적거리고 있었다.

5장

당삼재와 제갈민만이 떨어진 게 아니었다.

땅 위에 있는 모든 것이 같이 떨어졌다. 나무, 돌, 모래, 풀, 동물이나 벌레들까지 구멍 속으로 빨려 들어갔다.

반면 진서는 워낙 빠른 신법으로 벌써 안전한 지역까지 피한 상태였다.

철경도 비교적 여유로웠다.

금륜안으로 안전한 땅만 밟으면서 물러설 수 있었다.

그때 떨어지는 제갈민과 눈이 마주친 것이다.

놀람과 두려움, 도와달라고 말하고 있었다.

나를 버리지 말라고, 제발 살려달라고 애원하고 있었다.

예전에 추감혁에게서 벗어날 때, 그때 죽었던 막내 여동생이 생각났다.

딱 저 나이 때였다.

'제기랄.'

온갖 이성적인 생각들이 머릿속을 가득 채웠지만, 소용없었다.

철경은 이미 구멍 속으로 몸을 던지고 있었다.

떨어지는 땅의 조각, 바위들을 걷어차면서 몸의 방향을 틀었다.

그리고 제갈민을 찾았다.

진서는 안전한 지역에서 그걸 보고 있었다. 그리고 그녀 역시 망설임 없이 구멍 속으로 뛰어들었다.

"야. 같이 가야지."

그렇게 네 사람은 구멍 속, 천갱(天坑) 속으로 떨어졌다.

땅에 커다란 구멍이 생기는 기현상, 이걸 천갱 혹은 공동(空洞)이라 불렀다.

이것이 생기는 이유는 아무도 몰랐다. 하지만 분명한 건, 그 구멍은 바닥이 보이지 않을 만큼 깊다는 사실이다.

갑자기 천갱이 발생하면서 나무와 바위, 흙덩이가 통째로 떨어졌다.

그런 정신없는 상황에서 금륜안은 유용했다.

시간이 멈춘 듯, 떨어지는 것들도 천천히 보이기 때문이다.

그사이 철경은 제갈민을 찾고, 거기까지 갈 수 있는 방법도 찾았다.

'십이 장 아래 북서쪽, 나무, 바위 두 개, 다시 나무…….'

철경은 떨어지는 나무를 걷어차면서 추진력을 얻었다.

그런 식으로 금방 제갈민에게 다가갔다.

"으으……."

제갈민은 너무 놀라서 비명조차 지르지 못했다. 얼굴은 하얗게 질렸고, 얼어 있었다.

철경은 제갈민을 한손으로 끌어안았다.

무뚝뚝해도 아이는 아이였다. 제갈민은 그제야 눈을 감고, 철경의 옷자락을 꽉 붙들었다.

"야. 철경."

위쪽에서 진서의 목소리가 들렸다.

그녀는 이 와중에 여유가 있었다.

"야. 갑자기 내려가면 어떻해?"

"당삼재를 구해줘."

"그 땅딸보 영감? 난 싫은데."

"빨리!"

"치잇."

진서는 다시 위로 올라갔다.

떨어지고 있는 작은 돌멩이, 손바닥보다 작은 그것을 밟으면서 위로 솟아올랐다.

확실히 경공만큼은 남달랐다.

철경은 이제 떨어지는 속도를 늦추려 노력했다.

아래쪽 물건들을 치면서 가속도를 줄였다. 하지만 그것만으로 부족했다.

아래쪽을 살폈다.

한참이나 떨어졌는데도 끝이 보이지 않았다.

어디까지 내려가는지, 아래에 뭐가 있는지 알 수 없었다.

그때 철경의 눈에 들어온 것이 있었다. 마침 진서가 다시 내려왔고, 그녀에게 소리쳤다.

"동쪽 벽으로 붙어."

"동쪽이 어딘데?"

"나를 따라와!"

철경은 한 손에는 제갈민을 들고, 다른 한손에는 검을 휘두르며, 옆으로 움직였다.

떨어지는 물건들을 피해서, 혹은 밟거나 쳐내면서 동쪽 벽으로 다가갔다.

그리고 벽에 검을 찔렀다.

콰드드득.

벽에 줄이 생겨나면서 속도가 늦추어졌다. 어깨가 조금 아프지만, 거의 멈추었다.

그리고 바로 밑에 큰 동굴이 보였다.

휘익. 휙.

철경은 그 안으로 들어갔다. 이어서 진서도 따라 들어왔다.

표홀하고 가벼워 위기감은 전혀 없어 보였다.

"허억. 헉. 헉."

반면 진서가 들고 있는 당삼재는 달랐다.

그는 끌려왔으면서 생사를 걸고 싸운 사람처럼 땀으로 푹 젖은 상태였다.

철경은 제갈민을 살폈다.

아직 몸을 부들부들 떨고 있었다. 아무 말도 못 했고, 여전히 철경의 옷을 꽉 붙들고 있었다.

그 나이에 기절 안 한 것이 다행이다.

철경은 주변을 둘러봤다.

특히 방금 떨어진 천갱의 위쪽을 유심히 살폈다. 진서에게 물었다.

"올라갈 수 있겠어?"

"어딜? 저길?"

진서는 위쪽을 보더니, 고개를 흔들었다.

너무 멀었다.

대략 백십여 장은 넘게 떨어진 것 같았고, 빛조차 들어오지 않았다.

그녀가 중얼거렸다.

"구멍이 조금 작으면, 이리저리 좌우로 뛰면서 올라갈 수 있겠는데. 이건 너무 넓잖아. 뛰다가 지치겠다."

"단검을 이용하면?"

"으음. 천천히 찌르면서 올라간다면 가능이야 하겠지. 나 혼자서는."

그녀의 말이 맞았다.

이 두 사람을 데리고 가는 건 무리였다.

그럼 그녀가 먼저 올라가서 밧줄을 내려준다면?

"야. 그것보다 저기도 동굴이 있어."

진서는 지하 감옥에 몇 년간 있었다. 그래서인지 어둠 속에서도 잘 보았다.

그녀 말대로 천갱을 중심으로, 반대쪽에도 비슷한 크기의 동굴이 있었다.

철경은 떠오르는 것이 있었다.

'이 동굴과 연결되어 있다가, 천갱이 생기면서 끊어진 걸까?'

그러고 보니 동굴의 상태도 이상했다.

이상할 정도로 둥글고, 벽이 매끄러웠다. 뭔가 자연스럽지 않았다.

철경은 당삼재에게 불렀다.

"여길 봐주시오."

당삼재는 한참 뒤에 정신을 차렸다. 그리고 동굴의 벽 쪽으로 걸어갔다.

유심히 살피더니, 눈을 반짝거렸다.

“으음. 인위적으로 가공했네. 인상적이야.”
“사람이 만든 거란 뜻이오?”
“그렇지. 으음. 저 자국은 물이 흐른 자국 같은데?”
바닥의 일부분에 흔적이 남아 있었다.
그의 말에 의하면, 이 동굴은 사람이 만들었고, 물 같은 액체를 흘리는 용도로 사용했다고 한다.
동굴의 지름은 삼 장 정도로 상당히 컸다. 그리고 똑같은 크기의 동굴이 안으로 쭉 이어져 있었다.
“이제 어떡할 거야?”
진서가 물었다.
철경은 등에 메고 있던 자루를 열었다. 무영문이 줬던 자루였다.
안에는 식량과 물, 그리고 동굴을 탐험하기 좋은 여러 물건들이 들어 있었다. 네 명이서 먹어도 십오 일은 버틸 수 있는 양이었다.
철경은 품속에서 천년금와를 꺼내어 살폈다. 동굴 쪽으로 바라보고 있었다.
그는 결정을 내렸다.
“안으로 들어간다.”
“이 안으로?”
“그래.”
“자, 잠깐만. 어디로 간다고?”

당삼재가 놀라서 되물었다.

철경은 야명주를 당삼재에게 던져 주면서 대답했다.

"안으로 들어갈 거요."

"저 안에 뭐가 있는데? 모르잖아."

"이 동굴은 토파산 쪽으로 향하고 있소. 그럼 뭐가 나오겠소?"

"혹시 여불위의 무덤과 연결되어 있는……."

"가능성이 높소."

당삼재는 고개를 흔들었다.

"안 돼. 너무 위험해."

"그쪽도 들어가려 했잖소?"

"야. 인마. 우리한테는 일곱 살짜리 아이가 있어."

"저는, 좋습니다."

제갈민이었다.

이제 정신을 차렸고, 다시 차분한 음성으로 말했다.

"저는 세 분이 생각하신 것보다 더 똑똑해요. 분명 도움이 될 거예요. 그리고 분명히 말씀드리지만, 제가 만약 여기서 죽더라도 절대 세 분을 원망하지 않을게요. 제 선택이니까 걱정 마세요."

다 큰 어른처럼 똑 부러지게 말했다.

하지만 그 모습이 더 안쓰러웠다. 당삼재가 혀를 차면서 물었다.

"쯧쯧. 꼬마야. 하나만 물어보자."

"물어보세요."

"도대체 왜 그렇게 무덤 속으로 가려고 하는 거냐? 꿀이라도 발랐어?"

"이곳을 찾은 사람이, 바로 나니까요."

제갈민은 당당하게 말했다.

당삼재는 깜짝 놀라 아이를 다시 봤다. 그 말이 사실이라면, 정말 놀라운 일이었다.

제갈민이 안으로 걸으면서 말했다.

"제가 가면서 자세히 설명해 드릴게요."

그러자 철경이 갑자기 제갈민을 들어올렸다. 아이를 당삼재의 등으로 올려놓았다.

"내가 앞장선다. 진서는 맨 뒤로."

그리고 먼저 안으로 들어갔다.

당삼재는 한숨을 쉬면서 제갈민을 업은 채, 안으로 들어갔다.

"젠장. 나도 이제 모르겠다."

네 사람은 동굴 안으로 들어갔다.

동굴은 생각보다 길었다. 그동안 제갈민은 놀라운 이야

기를 털어놓았다.

"저는…… 제갈세가 사람이 아니에요. 입양됐어요."

그녀는 가난한 학자 집안에서 태어났다고 한다.

네 살에 사서삼경을 뗄 정도로 머리가 좋았고, 소문은 제갈세가까지 퍼졌다. 그리고 제갈세가는 부모에게 돈을 주고, 제갈민을 데려왔다.

"저는 개돼지처럼 돈을 받고 팔린 셈이죠."

다소 충격적인 이야긴데도, 제갈민은 남일처럼 담담하게 말했다.

"솔직히 나쁘지만은 않았어요. 오히려 좋은 점이 많았죠. 더 이상 배를 곯지 않아도 되고, 원하는 책을 실컷 볼 수 있으니까요. 실제로 제갈세가에서 많은 것을 배웠어요."

하지만 얼마 지나지 않아 한계를 느꼈다.

제갈민같이 팔려 온 아이들은 직계가 아니라 방계 취급을 받는다. 그리고 차별이 심했다.

직계의 것은 배울 수 없고, 평생 직계의 그림자로 살아야 했다.

제갈민은 그것이 싫었다.

직계보다 똑똑했고, 인정을 받고 싶었다.

그래서 더 열심히 공부했다.

하지만 시기 질투하는 사람들은 어디에나 있었다. 열심히 할수록, 제갈세가의 직계는 제갈민을 미워했다.

그러다 마침내 기회가 왔다.

낡은 창고에서 고서를 읽다가 여불위의 무덤에 관한 단서를 얻은 것이다.

제갈민은 작정을 하고, 거기에 파고들었다.

해독하기 위해 각종 역사책을 읽었고, 다섯 가지의 언어를 배웠다.

그리고 마침내 청해의 어딘가에 여불위의 무덤이 있다는 걸 밝혀냈다.

곧바로 제갈세가의 가주를 찾아갔다. 그렇게 인정받는 줄 알았다.

하지만 제갈세가의 가주는 입양된 어린아이를 만나주지 않았다.

결국 자신을 가르치던 선생에게 알렸지만, 그걸로 끝이었다.

그녀가 개고생해서 알아낸 자료는 다른 사람의 공으로 돌아갔다.

그다음의 정보는 제갈세가 직계끼리만 공유할 뿐, 제갈민을 배척했다. 무시하고 따돌렸다.

“저는 그게 너무 억울했어요. 이대로 있을 순 없었죠. 그래서 편법을 사용했어요.”

제갈민은 여불위에 관련된 정보를 무림에 흘리기로 마음먹었다. 시간을 두고, 천천히 퍼뜨렸다.

특히 가짜 장보도까지 만들면서 사람들을 유혹했다.

어렵지는 않았다.

무인들의 욕심은 상상을 초월했고, 소문은 금방 일파만파로 퍼졌다.

시간을 두고, 여불위의 보물이 파사찰의 토파산에 있다는 정보까지 알렸다.

그러자 제갈세가도 가만히 있을 수 없었다.

마음이 급해졌고, 인원을 꾸려서 토파산으로 향했다. 그런 와중에 제갈민까지 데려왔다.

아무래도 여불위의 무덤에 관해서는 누구보다 잘 알고 있었으니까.

여기까지는 제갈민의 계획대로 흘러갔다.

하지만 책임자인 제갈강재가 문제였다. 그는 필요 이상으로 제갈민을 싫어했다.

그는 필요한 정보만 얻어갈 뿐, 정작 무덤 안으로는 제갈민을 데려가지 않았다.

철저히 무시했고, 제갈민도 화가 났다.

"저는 많은 걸 바라지 않아요. 제 생각이 맞는지 확인하고 싶을 뿐이에요. 이곳이 여불위의 무덤이 맞는지, 여불위가 정말로 제가 생각하는 것과 똑같은 선택을 했는지, 그걸 증명하고 싶어요. 스스로에게요."

제갈민은 진지하게 말했다.

그렇지 않아도 조용한 곳이었다.

그녀의 이야기까지 듣자 분위기가 무거워졌다. 당삼재는 일부러 물었다.

"그런데 여불위의 정보는 어떻게 흘린 거냐? 제갈세가에 갇혀 있다면서?"

"하녀를 이용했어요. 창고에 그럴듯한 지도를 만들어 펼쳐두었죠. 여불위를 연구하는 척하면서, 쉽게 볼 수 있게 표시까지 해두면서요. 하녀는 다른 하녀에게 말했고, 그렇게 소문은 퍼졌죠."

당삼재는 혀를 내둘렀다.

역시 보통 똑똑한 것이 아니었다. 아니, 영악하다고 해야 할까?

"그런데 팔려 왔다는 것 말이다. 그런 걸 우리한테 막 말해줘도 되냐? 제갈세가의 치부가 될 수 있는데."

"저는 상관없어요. 제갈세가에 미련 없거든요. 오히려 지금이 도망칠 기회라 생각해요."

"흐음. 제갈 가주가 쉽게 놓아주진 않을 텐데……."

그때 철경이 두 사람을 상기시켰다.

"집중하시오."

사람들은 정신을 차렸고, 곧 작은 변화가 생겼음을 깨달았다.

바닥은 네모나고, 특이한 철판이 깔려 있었다.

좌우 일 장쯤 되는 넓이에 작은 구멍이 숭숭 뚫려 있었다.

"흐음. 조심해. 함정일지 모른다."

당삼재가 먼저 다가갔다.

야명주를 들고, 주변부터 자세히 살폈다. 그렇게 일각 동안 꼼꼼히 들여다본 후에 고개를 들었다.

"휴우. 다행히 함정은 아니네. 가까이 가도 돼."

그들은 철판이 있는 쪽으로 다가갔다. 당삼재가 철판 안쪽을 보면서 설명했다.

"옛날 물건 같은데, 잘 만들었어. 이런 철판에 작은 구멍 뚫기가 쉽지 않은데."

"뭐 하는 물건인지 알겠소?"

"철판 밑에 뭐가 있는지 보여?"

"작은 구멍이 보이오."

"맞아. 일단 철판부터 뜯어보자. 아래로 내려가서 직접 봐야겠어."

당삼재는 바닥에 엎드렸다. 그리고 철판 주변의 흙을 파내면서 뭔가를 끊어내는 것 같았다.

"아마 이러면 뜯어질 것 같은데…… 그렇지. 엇차."

타당.

모서리 부분을 잡고 힘을 쓰자, 철판을 완전히 들어낼 수 있었다. 그는 밧줄을 자신의 몸에 두르고, 그 끝을 철경에게 주었다.

"야. 잘 잡아라."

그리고 당삼재는 철판 아래의 구멍 속으로 뛰어들어 갔다.

어둠 속에서 그의 목소리가 들렸다.

"으음. 이 아래쪽으로 관이 연결되어 있어. 철은 아닌 것 같은데. 어디까지 이어져 있는 거야? 어라. 이건……."

뭔가를 발견한 것 같았다.

그리고 소리쳤다.

"야. 올려!"

철경은 밧줄을 잡아당겼고, 당삼재가 위로 올라왔다.

제갈민이 제일 먼저 물었다.

"뭐가 있었나요?"

당삼재는 자신의 손바닥을 펼치며 말했다.

"물이다."

"네에?"

"구멍 안쪽에 물방울이 맺혀 있었어. 물이 흘러갔다는 뜻이지."

그는 내용을 정리해서 설명했다.

"내 생각에는 저 철판의 작은 구멍들은 뭔가를 걸러지는 장치야. 예를 들어 이 큰 수관에 물이 흘러간다고 가정해

봐. 그럼 돌멩이나 큰 흙덩이는 걸러내고, 이 아래로 물이 내려가는 거지."

그 말에 철경이 단검을 뽑아 벽을 찔렀다. 그리고 길게 잘라냈다.

잘라낸 부위를 살펴보더니 한마디 남겼다.

"안쪽 흙에도 물기가 있다."

"그럼 당 어르신의 말이 맞네요. 우리가 걷는 이 통로는 물이 흐르는 통로군요."

진서가 물었다.

"그럼 뭐야? 이 거대한 통로는 수로인가?"

"그럴 가능성이 높아요."

"그럼 물은 어디 있는데?"

"우리가 떨어졌던 곳에 천갱이 생겼잖아요. 그러면서 수로관이 망가진 거겠죠."

제갈민이 눈을 반짝이며 말했다.

"이곳에 오기 전에 근처 지도를 본 적이 있어요. 이곳에서 오십여 장 밖에 큰 호수가 있어요. 아마도 거기서 물을 끌어당기는 관이 아닐까요?"

"물을 끌어당겨?"

"네. 그리고 바닥의 철판으로 깨끗한 물을 분리하는 거죠. 흙이나 돌멩이를 걸러내고."

그때 철경이 한마디 했다.

"반대로 물을 내보는 관일 수도 있지."

"그럴 수도 있……."

제갈민은 말을 하다 말고, 안색이 변했다.

"그럼 우리도 물에 휩쓸릴 수도 있어요."

그제야 당삼재도 위험하다는 걸 깨달았다.

"야. 그럼 이러고 있음. 안 되잖아. 물이 나오기 전에 빨리 가야지."

"통로가 언제 끝날지 모르는데. 차라리 철판 아래로 내려가면 안 될까요?"

"안 돼. 아래 수로는 너무 좁아져서 나도 들어가기 힘들어."

당삼재가 허둥거리다, 안쪽으로 달려가려 했다. 다른 사람들도 따라가려는데, 철경만 움직이지 않았다.

"야, 뭐 해?"

"그전에 세 사람에게 묻고 싶은 것이 있소?"

"뭔데? 빨리 말해."

"이 통로가 수로라는 가정하에 안쪽 길은 토파산 쪽으로 향하고 있소. 그럼 반대쪽은?"

"아아. 그렇구나. 호수로 빠지는 길일 거예요."

제갈민도 그제야 깨달았다.

단순히 이곳을 빠져나가고 싶으면, 반대쪽으로 가면 된다.

그쪽이 안전하고, 확률도 높았다.

제갈민은 철경을 다시 봤다.

처음에는 외모와는 다르게 머리가 좋다고 생각했다. 하지만 그 정도가 아니라, 전체를 보는 통찰력은 자신 이상으로 뛰어났다.

"그럼 뭘 망설여? 그럼 밖으로 나가야지."

"저는 아까 말씀드렸듯이 토파산으로 가고 싶어요."

제갈민이 말했다.

"제 생각이 맞다면, 이 수로는 무덤의 중심부 쪽으로 바로 이어질 거예요. 그럼 토파산 위에서 내려가는 것보다 훨씬 안전하고 빠르게 갈 수 있죠. 이런 기회를 포기하면 안 돼요."

"으음."

"당 어르신. 생각해 보세요. 이제 안전하게 빠져나가는 길도 생긴 거잖아요. 그러니까 이 길로 들어갔다가 이 길로 빠져나오면 돼요."

당삼재가 고민하는 사이, 진서는 철경에게 물었다.

"너는 어떡할 거야?"

철경은 품속에서 작은 상자를 꺼내 들여다보고 있었다.

천년금와였다.

두꺼비는 토파산 쪽을 보고 있었다.

"내가 원하는 건 오직 하나야."

"그래. 복수겠지. 그럴 줄 알았어. 네가 들어가면 나도 간다."

"두 분 모두 잘 생각하셨어요."

제갈민은 보기 드물게 미소를 지었다. 하지만 철경은 무뚝뚝하게 대답했다.

"너도 잘 알아둬라. 내 목표는 보물이 아니다. 복수만 끝나면 미련 없이 떠난다."

"알아요. 그 두꺼비로 복수 대상자를 찾는 거죠?"

"그래."

"저도 보물은 관심 없어요. 제가 맞는지, 눈으로 확인만 하면 돼요."

"휴우. 이놈이고, 저놈이고 보물 무서운 줄 모르고."

당삼재는 한숨을 쉬면서 앞뒤를 쳐다봤다. 그러더니 결정했다.

"흐음. 좋다. 나도 간다. 죽기 전에 이런 모험을 한 번쯤은 해봐야지."

안전한 탈출로가 확보되었다는 말에 결심을 굳힌 모양이다.

네 사람은 새롭게 마음을 다졌다. 이제 목표는 여불위 무덤으로 들어가는 것이다.

속도를 높여 달리기 시작했다. 하지만 제법 빠르게 달리는데도 끝이 보이지 않았다.

수로는 굉장히 길었고, 네모난 철판을 네 개 더 발견했다.

그렇게 반 시진이 흘렀다.

마침내 다른 형태의 철판이 나타났다.

비슷한 모양이지만, 밑바닥이 아니라 위에 달려 있었다.

크기는 좌우 일 장 정도였고, 위에서 빛이 흘러나왔다.

"흐음. 열리는지 봐야겠군. 자네. 이리 와봐."

당삼재는 철경을 부르더니, 그의 어깨를 타고 올라갔다.

하지만 그것으로 부족했다.

그러자 철경이 큰손으로 당삼재의 발바닥을 잡더니, 팔을 쭉 뻗었다.

"으아악."

당삼재는 크게 놀랐다. 하지만 덕분에 철판까지 손이 닿았다. 그는 불안한지 한마디 했다.

"야. 잘 잡아라. 떨어지면 가만 안 둔다."

"……."

하지만 대답이 없었고, 당삼재는 투덜거리며 철판을 살폈다.

"애새끼나 어른 새끼나 하나같이 건방져 가지고. 나 때만 해도 선배님 얼굴만 쳐다만 봐도. 어이쿠. 선배님. 알겠습니다. 했는데……. 잠깐만. 생각보다 쉽게 열리겠는데. 끄응."

당삼재는 손에 힘을 주고 철판을 밀었다. 하지만 꿈쩍도 하지 않았다.

"이거 왜 이러지? 분명히 걸쇠는 치웠는데. 녹이 슬어서 안 열리는 건가?"

그때 철경이 말했다.

"양손을 철판에 대시오?"

"뭐? 이렇게?"

당삼재는 아무 생각 없이 두 손을 들었다. 그 순간 철경이 힘껏 밀었다.

쾅.

당삼재를 도구 삼아 힘으로 밀어붙인 것이다.

문이 시원하게 열렸지만, 당삼재는 비명을 질렀다.

"아아악. 이 자식아. 내 팔 부러질 뻔했잖아."

"열렸잖소?"

"저 빌어먹을 자식이. 아이구. 내 팔…… 으아아악."

철경은 시끄러운 당삼재를 던져 버렸고, 당삼재는 철판이 열린 곳으로 날아갔다.

그리고 잠시 후, 그의 감탄사가 들렸다.

"허어. 세상에 이런 곳이 있다니."

하지만 어떤 상황인지 설명하지 않았다. 그저 놀라 하는 목소리만 들렸다.

진서와 제갈민이 동시에 소리쳤다.

"야. 말을 해야지."

"당 어르신, 괜찮으신가요?"

하지만 당삼재는 대답하지 않았다.

철경이 진서에게 말했다.

"먼저 올라가. 아이 데리고."

말이 끝나기 무섭게 진서가 뛰어올랐다. 한 손으로 제갈민을 들고 가볍게 구멍 위로 쏙 들어갔다.

마지막으로 철경이 뛰었다.

그리고 웬만해서는 놀라지 않는 그도 깜짝 놀랐다.

위쪽에는 정말 생각지도 못한 풍경이 펼쳐져 있었다.

밝게 빛나는 태양과 푸른 하늘.

그 아래에는 녹색 잎사귀가 무성한 나무들이 보였다. 종류도 다양했고, 그 수만 수십만 그루가 넘었다.

마치 잔뜩 우거진 숲속에 있는 것 같았다.

"우리가, 밖으로 나온 거야?"

진서가 주위를 둘러보면서 물었다.

당삼재가 대꾸했다.

"말도 안 되는 소리 마라. 우리가 떨어진 깊이가 얼마인데. 아직 땅속이야."

"그럼 저 태양은 뭐야? 저 푸른 하늘은 뭐고?"

"그건…… 이제 알아봐야지."

반면 제갈민은 활짝 웃고 있었다.

누가 물어보기도 전에 말했다.

"제 생각이 맞았어요."

"무슨 생각?"

"혹시 여불위의 말년을 아시나요? 황제와 척을 지고, 그는 파면당했죠. 그리고 자살했다고 해요."

"그런데?"

"아마 말년에는 회의를 느꼈을 겁니다. 그의 도움을 받은 황제는 배신했고, 그가 피땀 흘려 일궈놓은 나라는 점점 망가지고 있었으니까요."

"그래서?"

"저는 여불위가 새로운 세상을 원했다고 생각해요. 완벽한 나라, 완벽한 국가를 바랐었죠. 그 증거로, 여불위 관련 고서에 보면 신세계란 단어가 많이 나와요."

당삼재는 놀라서 물었다.

"그럼 여불위의 무덤이라는 게, 여불위가 만든 새로운 나라라는 뜻이냐?"

"네. 증거는 또 있어요. 당시 무덤을 만들었던 사람들이 수천 명이나 실종되었다고 하잖아요."

"나도 들은 적이 있다."

"그런데 그중에서 여자가 이상할 정도로 많았다고 해요. 무덤을 건설하는데, 여자가 많이 필요한가요? 하지만 무려 사 할 이상이 젊은 여자라는 기록이 있었어요."

분명 이상한 일이었다.

"그리고 각 분야의 전문가들도 같이 사라졌어요. 지질학자나 대장장이 같은 분들요. 여불위는 분명 신세계를 건설하려 했던 겁니다. 눈앞에 증거가 있잖아요."

제갈민은 환히 웃었다.

처음으로 보이는 아이 같은 미소였다.

"네 말이 맞다고 치자. 그런데 왜 하필이면 땅속이지?"

"세상과 완전히 단절된 신세계를 원했으니까요. 아무튼 저도 다 추측이니까, 우리 같이 찾아보시죠."

"흐음. 그럼 혹시 이곳에 사는 원주민도 있을까? 말이나 통할지 모르겠군."

"있으면 좋죠."

"말이 안 통할 듯한데."

"후후, 저만 믿으세요. 저는 이날을 위해서 은형문자, 고문자를 비롯해서 다섯 개의 언어를 익혔거든요."

제갈민은 자신 있게 말했다.

"움직입시다."

철경은 가볍게 소리쳤다.

사람들을 환기시키고, 천년금와를 보면서 방향을 잡았다.

동북쪽, 그리고 위쪽이었다.

정말 무덤의 밑으로 들어온 것 같았다. 그리고 지금 추감혁과 허조연은 위층에 있는 걸 알 수 있었다.

역시 철경이 앞장서고, 제갈민이 두 번째, 당삼재가 세 번째로 걸었다.

"만약 문제가 생기면, 당 어르신이 제갈민을 맡으시오.

그리고 진서는 마지막에 붙어."

그의 차분한 말투는 세 사람의 들뜬 마음을 가라앉히기에 충분했다.

"흠흠. 그래. 이곳이 어떤 곳인지 아직 모르니까 조심해야지."

"저도 집중할게요."

"나는 맨 뒤는 싫은데."

각자 한마디씩 뱉으면서 움직였다.

네 사람은 숲을 헤치면서 안으로 들어갔다. 얼마 지나지 않아 당삼재가 속삭였다.

"우리가 들어온 수로관이 컸던 이유를 알겠다. 이렇게 많은 나무를 키우려면 물이 많이 필요하지."

"그런데 말이야. 나무가 너무 큰 거 아니야?"

진서가 당삼재의 말을 받으면서 물었다.

그러고 보니, 그녀 말이 맞았다.

이곳에 있는 나무들은 유난히 컸다.

잎사귀도 넓었고, 만개한 꽃잎도 일반 꽃보다 세 배 이상 컸다. 게다가 나무 길이까지 일반 나무보다 두 배로 높아서 더욱 울창해 보였다.

하지만 그래서 더 맑은 공기가 느껴지는 숲이었다.

정말 깨끗하게 싱그러운 곳이었다.

당삼재도 이곳이 마음에 들었다.

'허어. 무릉도원이 있다면, 이런 곳이겠구나.'

하늘은 맑고 따뜻했다.

녹음이 우거진 나무들 밑에는 시원한 그늘이 있었고, 바닥은 풀냄새를 풍겼다.

적당히 상쾌한 바람이 한 번씩 불면서, 땀을 식혀주었다.

나중에는 말년에 이런 곳에서 사는 것을 상상하기도 했다.

'허허. 그래. 인생 별거 있나? 이런 곳에서 편안하게 사는 거지. 그런데 저건 무슨 꽃이지? 처음 보는데?'

그는 당문의 사람답게 식물에 대해 전문가였다. 그런데 난생처음 보는 꽃이 있었다.

꽃잎이 붉고, 노란색으로 무척이나 크고 화려했다.

진서의 목소리가 들렸다.

"우와. 세상에 저렇게 큰 나비가 있다니. 모두 저길 봐."

모두 고개를 돌렸고, 눈이 두 배로 커졌다.

정말로 나비였다.

하지만 산이나 들에서 볼 수 있는 흔한 나비가 아니었다.

크기가 남달랐다.

독수리보다 컸다.

"우와. 어쩌면 저 위에서 타고 날아다녀도 되겠는데."

"어, 어떻게 저런 게 가능하지? 제갈 꼬마야. 여불위가 술법도 배웠느냐?"

"아, 그럴…… 수도 있죠. 거의 모든 분야의 전문가들을 모았으니, 도사도 있을 수도…… 꺄악."

제갈민은 깜짝 놀라서 비명을 질렀다.

나비는 훨훨 날아서 화려한 꽃잎에 착지했다.

당삼재가 감탄한 그 꽃이었다. 그런데 갑자기 꽃잎 속에서 날카로운 이빨이 쩌억 벌어졌다. 그리고 나비를 집어 집어삼켰다.

와드득. 와드득.

동시에 꽃잎이 안으로 접히면서, 파닥거리는 나비를 밀어 넣었다.

꽃이 나비를 먹고 있었다.

"으으으."

"허어. 남만에도 비슷한 식물이 있긴 하지만…… 여긴 뭐가 저렇게 커? 우리도 잡아먹히겠다."

당삼재는 진저리를 치면서 중얼거렸다.

반면 진서는 신기한 듯 계속 바라보았고, 철경은 생각에 잠겼다.

분명 이상한 곳이다.

어느 곳보다 살기 좋은 환경을 갖추고 있다. 그래서인지 모든 생물이 비정상적으로 컸다.

마치 과하게 영양분을 받은 것처럼, 비대하게 변형되었다.

그리고 저런 생물들이 더 많을 수도 있다.

'아무래도 빨리 벗어나야겠군.'

그는 다시 천년금와를 확인했다. 지금은 동쪽의 위를 바라보고 있었다.

다시 위쪽.

아무래도 위쪽으로 올라가는 길부터 찾아야 할 것 같았다.

"조금 더 빨리 가겠소."

철경은 발걸음을 빨리했고, 다른 사람들은 아무 말 없이 따라갔다.

그들도 뭔가 불안하다는 걸 느끼고 있었다.

단, 진서만 빼고.

"우와. 저기 뱀 좀 봐. 돼지만 한 쥐를 삼키고 있어."

"어머어머, 저건 좀 귀엽다. 눈이 빨간 토끼가 펄쩍펄쩍 뛰고 있어. 크기는 거의 말과 비슷한데."

"저기 날아다니는 모기는 내 팔뚝만 하다. 우리 피를 한 번 빨면 사람 죽겠는걸? 깔깔깔."

계속해서 웃고 떠드는 모습이 긴장감이 전혀 없어 보였다.

보다 못한 철경이 주의를 한 번 주기도 했다.

그렇게 한참을 걸었지만, 숲의 끝은 보이지 않았다.

"후우. 여긴 대체 얼마나 넓은 거지"

"제 생각이 맞다면, 토파산은 인위적으로 만든 산이에

요. 그러니 그 아래 크기만큼은 걸어야 하지 않았을까요?"

"산을 만들었다고?"

"네. 딱 봐도 알 수 있잖아요. 다른 산맥과 동떨어져 혼자 솟아 있었는데."

"으음. 뭔가 이상하다고 생각은 했지만……."

"조용!"

앞서가던 철경이 낮게 말했다. 그는 걸음을 멈추고, 전방을 주시하고 있었다.

다른 사람들도 자연스레 입을 다물었다.

십여 장 앞에 커다란 생물이 죽어 있었다.

크기는 말과 비슷한데, 생김새는 개와 비슷했다. 그리고 그걸 먹고 있는 동물들이 있었다.

정확히 말하면 곤충이었다.

"작봉(雀蜂)이에요."

"아니, 대황봉(大黃蜂)이다."

제갈민과 당삼재가 속삭였다.

"같은 거 아닌가요?"

"아니, 전혀 다르다. 대황봉이 더 크고, 폭력적이야. 그리고…… 대개 육식성으로 작은 곤충을 잡아먹는 놈들이야."

"야. 작은 곤충은 무슨. 인간도 통째로 삼키겠다."

진서도 속삭였다.

실제로 저것들은 대황봉, 말벌이었다.

하지만 크기가 다른 것에 비해 유난히 컸다.

높이만 일곱 자, 길이는 열네 자이니, 날개까지 합하면 철경보다 큰 셈이다.

머리는 눈에 띄는 노란색 머리로 검은색 눈은 크고 어두웠고, 강한 아래턱으로 사체를 씹어 먹고 있었다.

흉부는 짙은 갈색이고, 투명한 날개는 몸길이 이상으로 뻗어 있었다.

게다가 한 마리가 아니었다.

열두 마리가 모여 있었다.

무림인이라면, 젓가락으로도 벌을 잡을 수 있다. 하지만 눈앞의 벌을 잡으려면 목숨을 걸어야 할 것 같았다.

'괜히 귀찮은 일을 만들 필요는 없지.'

철경이 전음을 보냈다.

[피해서 돌아간다.]

[왜? 크기만 크지, 죽일 수 있을 것 같은데.]

진서가 단검을 만지며 물었다. 그러자 철경은 하늘 위를 가리켰다.

저 멀리 거무스름한 띠 같은 것이 보였다. 자세히 보니 대황봉의 무리였다.

그 수는 대략 수백, 아니, 수만 마리쯤 되는 것 같았다.

진서는 얌전히 단검을 거두었다.

[그래. 돌아가자. 저걸 보니 싸우기 싫어졌다.]

네 사람은 왔던 길을 돌아갔고, 다른 길로 향했다.

이곳은 너무 넓었고, 상상하기 힘들 정도로 다양한 생명체들이 살고 있었다.

그리고 그들의 공통점은 하나같이 크고, 공격적이다. 동식물 할 것 없이 서로 죽이려 들었고, 서로를 잡아먹었다.

다행히 아직까지는 큰 부딪침은 없었다.

일단 천년금와 덕분에 목적지가 분명했고, 멀리 돌아도 방향을 잡을 수 있었다.

그리고 철경의 인솔 덕분이다.

그는 사방에 눈이 달린 것 같았다.

어디에 뭐가 있는지 귀신같이 알아챘다.

그래서 어떤 동물이 있든지 미리 피할 수 있었다. 만약 피하기 힘든 경우에는, 빠르게 지시를 내려 빠르게 처리했다.

처음엔 철경의 지시에 투덜거리던 당삼재도, 몇 번 이런 일을 겪자 아무 말 하지 않았다.

철경이 무슨 말을 하든 얌전히 따랐다.

그리고 마침내 숲의 끝에 도착했다.

거대한 토벽이 보였다.

좌우로 끝이 보이지 않을 만큼 길었고, 높이 역시 쉽게 눈에 들어오지 않았다.

천년금와는 여전히 위쪽을 쳐다보고 있었다.

'저기에 뭔가 있는 것 같군.'

철경은 금륜안의 광시를 최대한으로 끌어올렸다. 그러자 꽤 먼 곳에 독특한 조형물이 보였다.

철경은 사람들을 데리고 그곳으로 향했다.

커다란 조각상이었다.

남자가 토벽에서 막 튀어나오는 형태로 커다란 검을 들고 있었다.

세월의 영향 탓인지, 검을 비롯해 여러 부분이 부서졌고, 얼굴 형체는 알아보기 힘들었다.

"누구를 본뜬 거지?"

"여불위 아닐까요?"

"검을 들었잖아."

"여불위는 상인이지만, 말년에는 무공을 익혔다고 해요."

"그래?"

하지만 그것뿐 특별한 점은 찾아보기 힘들었다.

그래도 이 근처에서 유일하게 발견한 조형물이기에 네 사람은 꼼꼼히 살폈다.

철경 역시 금륜안을 개안했다.

그러다 문득, 묘한 시선을 느꼈다.

누군가 쳐다본다는 느낌을 받았고, 검의 손잡이를 붙잡았다.

하지만 진서가 빨랐다.

그녀의 모습이 사라지는가 싶더니, 그녀는 십여 장 뒤의 숲속에서 나타났다.
까깡.
까까까깡.
싸우는 소리가 들렸고, 누군가 나무 위에서 떨어졌다.
쿠웅.
사람이었다.
그런데 독특했다.
머리카락은 물론 눈썹이나 체모가 하나도 없었다.
대신 온몸에 알 수 없는 문신이 새겨져 있었고, 아랫도리만 풀잎을 엮어서 가리고 있었다.
또 체구가 굉장히 컸다.
거의 철경과 비슷했다.
제갈민이 갑자기 진서에게 소리쳤다.
"죽이지 마세요. 여기 사는 원주민 같아요."
"여불위 때부터 같이 온 사람들?"
"네, 아마도요."
하지만 그 원주민은 얌전하지 않았다.
오히려 그가 괴성을 지르더니, 진서에게 달려들었다.
창 비슷한 걸 휘두르는데.
굉장히 빠르다. 그리고 힘도 있었다.
푸욱.
휘이익. 휘익.

진서를 맞히지 못하고, 옆에 있는 나무를 찔렀다.

쿠웅.

그러자 일격에 큰 나무가 쓰러졌다. 그는 계속 진서를 쫓아다니며 창을 찔렀지만, 무공을 제대로 배운 것은 아니었다.

'하지만 신체가 굉장히 유연하고, 기이할 정도로 단단하다.'

철경은 그를 간단히 평가했다.

방어는 하지 않고, 오로지 공격만 하는 모습이 단단한 체구를 믿는 것 같았다.

하지만 상대는 진서였다.

"야. 철경. 이 녀석. 너를 보는 것 같은데."

그녀는 웃으며, 그를 가지고 놀았다. 경공에 독보적인 실력을 가지고 있었고, 장난처럼 피해 다녔다.

그러면서 원주민의 신체를 단검으로 여러 번 찔렀다.

파팟.

팟. 파파파파팟.

원시인이 창을 한 번 찌르는 사이, 오십 번은 찌르는 것 같다. 그리고 단단하다는 걸 염두에 두고 처음부터 손에 힘을 주었다.

푸욱. 푹. 푹.

팔과 다리에 구멍이 숭숭 생기면서 피가 흘렀다.

그러자 원시인은 움찔 놀라더니, 결국 달아났다.

"우워어어어."

"야. 어딜 도망가?"

진서는 쫓아가려 했다. 하지만 멈추었다.

원시인은 한 명이 아니었다.

저쪽 숲속에서 백여 명이 튀어나왔다.

"어라? 너무 많은데?"

말은 그랬지만, 진서는 물러설 생각이 없었다.

오히려 혀를 날름거리며, 단검을 고쳐 잡았다. 싸울 생각 같았다.

그때 철경의 목소리가 들렸다.

"그만두고, 이쪽으로 와!"

"갈 데도 없잖아. 어차피 싸워야 해."

콰아앙.

그때, 철경이 토벽에 구멍을 뚫었다.

금륜안으로 통로를 찾아내고, 힘으로 뚫은 것이다.

철경이 진서에게 소리쳤다.

"싸우더라도, 넓은 곳은 불리하다. 따라와."

철경이 먼저 들어갔다.

당삼재와 제갈민이 들어가고, 그제야 진서도 뒤로 물러났다.

그리고 안으로 들어갔다.

철경은 입구에서 철아검을 뽑고, 그들을 기다렸다.

“들어오는 놈부터 차례로 처리한다. 내가 먼저 상대하고, 내가 놓치면 네가 죽여라.”

“알았어.”

“두 사람은 더 안으로 들어가시오.”

“아, 알았다.”

하지만 웬일인지, 원시인들은 다가오지 않았다.

마치 보이지 않는 벽이라도 있는 것처럼, 토벽 근처에서 머뭇거렸다.

그저 숲속에서 씩씩거리며, 노려볼 뿐이다.

철경은 기다리다가, 검을 집어넣었다.

반면 진서는 싸우지 못하자, 부모를 잃은 사람처럼 화를 냈다.

“에이씨. 이게 뭐야?”

“야. 철경이. 이쪽으로 와봐. 계단이 있다.”

당삼재의 목소리가 들렸다.

과연 안에는 거대한 계단이 보였다.

단순히 일자형 계단이 아닌, 빙글빙글 돌아서 올라가는 나선형 계단이었다.

위를 쳐다봤지만, 꼭대기는 보이지 않았다.

“아무래도 여기가 제일 아래층 같아요. 위로 올라가야겠네요.”

제갈민의 말에 철경이 말없이 올라갔다.

그렇게 네 사람은 거대한 나선형 계단을 밟으며, 올라갔다. 제갈민이 속삭였다.

"그런데 아깝네요. 원주민이랑 대화라도 해보고 싶었는데."

"대화 같은 소리하네. 아까 걔네들 못 봤어? 말은커녕, 무작정 죽이려 들었잖아. 뇌가 없는 것 같았어."

"그건, 저 언니가 먼저 검으로 찌르니까 그렇죠."

당삼재와 제갈민은 올라가면서 계속 속삭였다.

그 외에는 특별한 점이 없었다. 함정도 없었고, 그냥 끝도 없는 계단이 전부였다.

하지만 상당히 길었고, 거의 한 시진쯤 걸은 것 같았다.

제갈민이 중간쯤에 힘들어하자, 철경이 들었다. 그리고 당삼재는 자신의 다리를 붙잡으며 헉헉거렸다.

"허어억. 허억. 허어억. 야 이것들아. 좀 쉬었다 가자."

하지만 철경은 대꾸하지 않았다.

그저 계속 걸었고, 당삼재가 숨넘어가기 직전까지 올라갔다.

마침내 걸음을 멈추었다. 계단이 끝난 것이다.

눈앞에 보이는 건, 뿌연 안개였다.

철경은 자신의 어깨에 축 늘어져 있는 제갈민을 흔들었다.

그녀는 겨우 고개를 들었다.

"끝났어요?"

"안개가 나타났다."

한눈에 보통 안개가 아닌 것 같았다.

제갈민은 정신을 차리고, 똑바로 섰다. 그리고 안개를 살피면서 중얼거렸다.

"이건…… 절진이네요."

아이의 눈동자가 반짝였다.

절진은 그녀의 전문 분야였다.

"제가 이쪽은 자신 있거든요. 기다려 보세요."

제갈민은 바닥에 주저앉았다.

그리고 뭔가를 열심히 그렸다.

그녀는 고개를 푹 숙인 채, 집중했다. 자신도 모르게 중얼거렸다.

"오래된 진법이긴 하지만 기본 원형은 비슷한 것 같아요. 일단 은형천둔진(隱形天遁陣)에 환환미진(幻幻迷陣)을 일차적으로 섞은 것 같은데, 구궁(九宮)에 사변(四邊)을 더하고, 삼재(三才)에 금벽진을 치면, 반오행(反五行)이 되어야 하는데, 으음. 아니야. 뭔가를 더 추가한 것 같은데…… 만화채장진(漫畫彩杖陣)인가?"

그렇게 반시진이 흘렀다.

당삼재는 아예 바닥에 드러누워서 쉬고 있었다. 그러다가 너무 지루한 나머지, 입을 열었다.

"아직 멀었냐?"

제갈민은 살짝 짜증 섞인 목소리로 대답했다.

"이건 보통 진이 아니라, 복합진이에요. 하나가 아니라, 여러 진이 유기적으로 섞여 있는 거란 말이에요."

"그래서 해체할 수 없어?"

"당연히 할 수 있죠. 시간이 조금 걸릴 뿐이에요."

"얼마나?"

"기다려 보세요. 저도 최선을 다하고 있단 말이에요."

다시 일식경이 흘렀다.

제갈민의 낯빛이 점점 어두워졌다.

'이럴 수가……. 못 풀겠어. 이렇게 어려운 진법이 존재할 줄이야.'

천년도 전에 설치된 진법이다. 그런데 왜 지금보다 발달한 것 같지?

최근의 학문은 과거보다 퇴보한 것일까?

별의별 생각이 다 들면서, 문득 혼자서는 못 풀 수도 있다는 생각이 들었다.

제갈민은 자신감이 떨어졌다.

그동안 진서는 멍하니 하늘을 바라고, 철경은 주변을 둘러봤다.

그는 제갈민을 한 번 보더니, 갑자기 진법 안으로 불쑥 들어가 버렸다.

"이, 이봐요. 아저씨!"

제갈민은 소스라치게 놀라며 소리쳤다.

수준 높은 진법은 생물과 비슷하다. 굉장히 복잡하고 민감하다. 즉 잠깐의 변화만 생겨도 형태가 완전히 달라져버린다.

진법이 바뀐 것도 문제지만, 자칫 죽을 수도 있었다.

"어떡해. 함부로 들어가면 안 되는데…… 다시는 못 나올 수도……."

그때 철경이 안개 속에서 튀어나왔다.

아무렇지도 않은 얼굴이었다.

제갈민은 멍하니 그를 바라봤다.

"어, 어떻게……. 아니 어떻게 하신 거예요?"

제갈민은 마치 따지면서 물었다. 하지만 철경은 대답 없이 몇 번 안개 속을 돌아다녔다.

그리고 세 사람에게 말했다.

"따라와라."

"이봐요. 아저씨! 아저씨!"

제갈민은 제자리에서 발만 동동거리며 소리쳤다.

당삼재는 잠깐 졸다가 깨어났고, 진서는 벌써 철경을 따라가고 있었다.

당삼재가 뒤늦게 제갈민을 들고 그들을 따랐다.

아무것도 보이지 않는 안개 속이었다.

그런데도 철경은 그 속을 성큼성큼 걷고 있었다. 그를 따라가자 아무런 일도 벌어지지 않았다.

마치 길을 알고 걷는 것 같았다.

진서와 당삼재, 제갈민이 동시에 철경에게 물었다.

"야, 너는 도대체 못 하는 게 뭐냐?"

"자네는 뭐 하던 인간인가?"

"아저씨. 어떻게 했냐니까요?"

하지만 철경은 그들의 질문을 무시했다. 그저 앞만 보고 걸었다.

세 사람은 불만 섞인 표정을 지었지만, 이런 상황에서는 어쩔 수 없었다.

어미를 따르는 오리마냥, 철경의 뒤만 졸졸 따라갔다.

얼마나 지났을까?

철경이 갑자기 걸음을 멈추었다. 철경의 등만 보고 걸었던 사람들은 놀라서 멈췄다.

"엇. 뭐야. 부딪칠 뻔했네."

"왜? 무슨 일인데?"

철경은 고개를 돌려 어디론가 보고 있었다.

당삼재와 진서가 물었지만, 철경은 대답하지 않았다. 대신 검의 손잡이를 붙잡았다.

"왜? 적이야? 몇 명인데?"

재차 물어보자, 그제야 입을 열었다. 그리고 심각하게 말했다.

"도망칠 준비를 해라."

"도망? 싸우는 게 아니고?"

진서가 놀란 눈으로 물었다.

철경을 계속 봐 왔지만, 도망친 적은 단 한 번도 없었다. 언제나 앞으로만 달렸고, 적과 싸워서 이겼었다.

그런데 처음부터 도망칠 준비를 해라고?

다른 두 사람도 궁금해서 물었다.

"도대체 무슨 일인데?"

"안개 너머로 보이세요?"

철경은 두 사람을 힐끔 바라봤다.

지금부터 신중하게 움직여야 한다. 그러기 위해서는 아무것도 모르는 것보단 상황을 아는 게 나을 것 같았다.

그는 입을 열었다.

"우리가 서 있는 곳을 중심으로 수백 명이 흩어져 있다."

"수백 명이나요? 누가요? 좀 더 자세히 설명해주세요."

"대략 숫자는 사백에서 오백 사이, 특정 문파가 아니라 정파와 사파, 낭인들이 섞여 있는 것 같다."

당삼재가 물었다.

"일단 우리 편부터 찾으면 어떤가? 무영문과 당문, 제갈세가, 백리세가 말이야."

"그러잖아도 그들은 바로 앞에 있소. 그런데 문제가 생겼소."

"문제라니?"

철경이 눈빛이 심각해졌다.

"허한상과 싸우고 있소."

"허한상? 설마 청살귀존 허한상 말인가?"

당삼재는 깜짝 놀라 되물었다. 제갈민도 놀라서 물었다.

"그 사람이 왜 여기 있는데요?"

"아니, 지금 그게 문제가 아니잖아. 허한상이라면, 싸우면 안 돼. 무조건 피해야 한다고."

"이미 늦었소. 죽은 사람은 대략 사십 명, 살아남은 사람은 스무 명 정도요. 곧 다 죽을 거요."

"허억. 그럼 당장 도와야지."

당삼재는 화를 내며 소리쳤다.

하지만 철경은 냉정한 눈빛으로 물었다.

"우리가 도우면…… 이길 수 있겠소?"

"그, 그건 아니지만……. 이렇게 가만히 있을 순 없잖아."

"혼자 간다면 말리지 않겠소. 이쪽 방향으로 일 장만 걸어가면 되오."

철경이 손가락으로 방향까지 알려주었다.

당삼재는 달려가려 했지만, 제갈민이 말렸다.

"당 어르신. 진정하세요. 이분 말이 맞아요. 이럴수록 냉정해지셔야 해요."

"하지만 늦을수록 사망자가……."

"지금 우리가 해야 할 일은 그 사람들을 데리고 도망칠 방법을 찾아야죠. 그래야 한 명이라도 더 살릴 수 있어요."

"끄응."

제갈민의 말이 맞았다.

당삼재는 부끄러웠다. 여기서 나이도 제일 많은데, 나잇값을 못 하는 것 같았다.

"허한상이 누군데 이러는 거야?"

아무것도 모르는 진서는 물었다.

철경이 간단히 대답했다.

"화경의 고수."

"화경? 진짜 화경의 고수야? 와아. 보고 싶다."

"곧 보게 될 거다. 그전에 준비를 해야겠어."

"어떤 준비?"

"그래. 어떤 준비 말인가?"

당삼재가 물었다.

"도망칠 준비."

"허한상 그놈이 순순히 놓아줄 것 같은가? 차라리 사람을 모아서 싸우면 어떤가? 지금 이곳에 사, 오백 명이 모여 있다면서? 그들을 한곳에 모으자구."

제갈민이 반대했다.

"안 돼요. 시간이 너무 오래 걸려요. 그리고 사람이 많다고 화경의 고수를 이길 순 없습니다. 차라리 절정 고수만 모으는 것이 나을 거예요. 철경 아저씨. 혹시 사흑파나 구대문파 사람들을 찾을 수 있으세요?"

제갈민이 물었다.

아마 지금 이곳에 온 무인 중에서 그들이 가장 강했다.

특히 사흑파의 문주, 사하기는 화경에 근접하다는 평을 받고 있었다. 그들과 함께라면 허한상과도 싸워볼만 했다.

하지만 철경은 그 희망을 무참히 꺾었다.

"사흑파는 이곳에 없다. 그리고 구대문파는…… 이미 당했어."

"네?"

"여기저기 그들의 시체가 보인다는 뜻이다."

"그럴 수가……."

그것도 허한상의 짓인 것 같았다.

그는 절진이라는 함정을 이용해서 각개격파하고 있었다. 그것도 가장 위험한 상대부터 차례대로.

'강하고 위험한 놈이다.'

철경은 이제껏 만났던 누구보다 강한 적을 만났음을 깨달았다.

"그럼 이제 어떡하지?"

제갈민이 당황하면서 중얼거렸다.

당삼재도 마음만 급할 뿐, 어찌할지 몰랐다. 머리만 긁적였다.

반면 진서는 당연하다는 듯 철경에게 물었다.

"그래서 어떡할 거야? 정했어?"

그리고 철경은 기다렸다는 듯, 해결책을 내놓았다.

"두 사람은 여기 있으시오. 그리고 진서는 바짝 좇아와라."

"알았어."

잘 도망가기 위해서는, 먼저 덤벼야 한다.

철경이 내린 결론이었다. 그리고 두 사람은 하얀 안개 속으로 뛰어들었다.

철경은 기문둔갑(奇門遁甲)이나 기문진법에 대해서는 잘 모른다. 역리(易理), 오행(五行), 구궁(九宮) 같은 기초 지식만 있을 뿐이다.

하지만 그에게는 금륜안이 있었다.

이 단계 투시까지 끌어올리자, 안개 너머를 볼 수 있었다.

계속 보다 보니, 진법의 원리를 알 수 있었고, 생(生)로를 찾을 수 있었다.

이곳의 기문진은 끊임없이 움직였다.

구궁이 바뀌면서 생문 역시 주기적으로 달라진다. 그래서 제갈민이 골머리를 앓았지만, 철경은 한눈에 바뀐 생문도 찾을 수 있었다.

그래서 안개 속을 자유자재로 돌아다닐 수 있는 것이다.

철경은 한 남자의 뒤로 다가갔다.

청살귀존 허한성.

그를 알아보는 건 간단했다.

현 무림에는 스물두 명의 화경 고수가 있었고, 철경은 그들의 특징을 모두 외우고 있었다.

사자같이 풍성한 구레나룻에 온몸의 흉터, 그리고 크고 두꺼운 박도까지 인상착의가 같았다.

무엇보다 그의 몸에서 풍겨 나오는 기도가 남달랐다.

가만히 있을 때는 아무것도 느껴지지 않지만, 무공을 사용하는 순간 천지가 뒤집힌다. 그 정도의 거력이 느껴졌다.

무엇보다 그의 도는 무겁기로 정평이 나 있었고, 그런 만큼 누구도 제대로 받은 적이 없다고 한다.

반대로 약점도 있었다.

경공이 상대적으로 약하다고 평가를 받고 있었다. 철경은 그 부분에 희망을 걸고 있었다.

'처음부터 최선을 다한다.'

금륜안을 이 단계까지 끌어올리고, 천뇌전공을 사용했다.

제일 빠르기 때문이다.

치르르르.

안개를 뚫고, 안으로 뛰어들었다. 동시에 가장 빠른 강천뇌지를 사용했다.

바로 앞에 허한성의 등이 있었기에 한 번은 맞을 줄 알았다.

카앙.

허한성이 뒤로 돌아보지 않고, 박도를 휘둘렀다.

가볍게 강천뇌지를 튕겨내 버렸다.

철경은 실망하지 않았다.

미리 준비한 대로 이어서 철아검을 휘둘렀다.

묵직한 철아검이 위에서 아래로 떨어졌다. 철경의 거력까지 담은 한 방이었다.

콰앙.

허한성이 몸을 돌려 박도로 막았다.

철경은 놀랐다. 허한성이 생각보다 빨라서 놀랐고, 이렇게 무거운 철검을 저렇게 얇은 박도로 막아낸 것도 놀랐다.

허한성이 철경을 올려봤다.

그는 하얀 이빨을 드러내며 웃었다.

"흐흐흐. 너는 누구지? 제법 묵직한데?"

철경은 대답 대신 뒤로 물러섰다.

기습을 노렸는데, 실패했다. 미련 없이 안개 속으로 들어가려 했다.

하지만 허한상이 그냥 두지 않았다.

"이 새끼야. 왔으면 놀아야지. 어딜 가려고?"

빠르다.

누가 허한성의 경공이 느리다고 했던가?

심지어 진서보다 빠른 것 같았다.

쉬이이익.

그의 도는 철경의 옆구리를 노렸다.

철경은 금륜안으로 어디로 오는지 대충 알고 있었다. 한 발 앞서 철아검으로 막았다.

콰아앙.

"크윽."

맨몸으로 바위에 부딪힌 느낌이다.

내공이 진탕되면서 하마터면 피를 쏟을 뻔했다.

단 한 번의 공격이 이 정도라니.

철경의 몸이 낙엽처럼 날아갔다.

화경의 고수는 천외천이라는 말이 실감났다.

그나마 다행인 건 철아검의 강도였다. 그렇게 세게 부딪쳤는데, 생각보다 멀쩡했다.

허한상도 놀라는 눈치였다.

"허어. 뭐야. 안 부러진다고? 그 검 신기하네."

그는 다시 한번 철경을 향해 도를 휘둘렀다.

콰아앙.

일부러 똑같은 초식을 사용했다.

그럼에도 불구하고 철경은 피하지 못했다. 그저 막는 것이 최선이었다.

지이이익.

하지만 이번처럼 날아가지 않았다.

검을 비틀어 충격을 흘린 탓이다.

"호오. 이놈 봐라. 오늘 만난 놈들 중에 제일 낫네. 한번 보여줘 봐라. 잔재주."

그는 다시 도를 휘둘렀다.

역시 같은 초식이었다.

하지만 더 빠르고 더 강해졌다.

이번에는 철경도 대비를 했다.

금륜안으로 두 번이나 같은 초식을 봤다. 따라 할 수 있을 정도로 파악했다.

일부러 몸을 가볍게 하고, 한 손으로 철검의 검면을 받쳤다. 그리고 뒤로 살짝 뛰었다.

콰아아아아앙.

소리도 컸고, 충격도 적지 않다.

하지만 그 덕분에 철경은 훨훨 날아갈 수 있었다. 안개 근처까지 가자마자, 몸을 돌렸다.

그대로 안개 속으로 뛰어들었다.

생문은 아니지만, 이런저런 걸 가릴 형편이 아니었다.

철경은 분명 안개로 들어갔다. 그런데 눈앞의 풍경이 달라졌다.

갑자기 천애절벽에 매달려 있었다. 그리고 머리 위에서 집채만 한 바위가 떨어졌다.

쿠쿵. 쿵.

소리까지 완벽했다.

철경은 바위를 피하면서 금륜안으로 주위를 둘러보았다.

들어온 곳이 간궁(艮宮)이라는 걸 깨달았다.

'간궁은 귀신이 출입하는 귀문이라 했으니, 나가는 곳은 곤궁(坤宮)이다.'

구궁팔괘에 짧은 지식만 가지고 있지만, 그것으로 충분했다.

금륜안으로 곤궁을 찾을 수 있었다.

그는 좌로 펄쩍펄쩍 뛰면서 곤궁으로 들어갔다.

다시 풍경이 바뀌면서, 안개 속으로 돌아갔다.

그곳에는 진서를 비롯하여, 무영문과 오대세가 무인들이 같이 있었다.

철경이 시선을 끄는 사이, 진서가 데리고 들어온 것이었다.

"으아아악. 이 새끼들 어디 있어!"

허한상의 목소리가 들렸다.

그제야 허한상도 속은 걸 깨달은 모양이다.

하지만 아무리 화경의 고수라도 안개 절진은 보지 못하는 것 같았다.

문제는 그의 무공이었다. 그는 지독하게 강했다.

"크흐흐. 좋아. 이 지랄 같은 안개 속에 숨었다 이거지?"

그는 이곳에 들어와서 처음으로 진산절기를 꺼냈다.

"울어라. 청류도(青流刀)여. 청염일식(青炎日蝕)"

반월의 푸른색 강기가 떠올랐다.

그것은 하나의 빛이 되어 퍼졌고, 순식간에 안개를 갈라버렸다.

하지만 방향이 틀렸다.

철경이 있는 쪽의 반대 부근이었다. 그리고 안개도 사라지는가 싶더니, 다시 차오르기 시작했다.

역시 보통 진법이 아니었다.

"으아아악. 이것들이 진짜!!"

허한상은 더욱 열이 받아 마구잡이로 도를 휘둘렀다.

파황청류도(破荒青流刀).

그의 성명절기였다.

땅이 뒤집어지고, 공간이 갈라졌다. 일순간 안개를 다

몰아내기도 했다.

정말 가공할 능력이었다.

이러다간 진짜 진법을 부숴 버릴 것 같았다.

철경은 서둘렀다.

빠르게 안개 속을 헤쳐가며, 사람들을 모았다.

"따라오시오."

살아남은 사람들은 어리둥절하면서도 그를 쫓았다.

그중에는 무영문의 매군도 있었다. 그는 철경을 반기며 앞쪽으로 달려갔다.

"철경 대협. 정말 반갑군요. 언제 온 겁니까?"

철경은 대답하지 않았다. 그럴 시간이 없었다.

허한상이 난리를 치는 바람에 진법이 이상해졌다. 생문이 일그러지면서 일부분은 아예 없어졌다.

그의 발걸음이 더욱 빨라졌다.

그래도 살릴 수 있는 사람은 최대한 살려야한다.

철경이 착해서가 아니라, 허한상을 상대하려면 사람들이 필요했기 때문이다.

그중에는 구대문파의 살아남은 이도 있었고, 낭인도 있었다.

당연히 당삼재와 제갈민도 챙겼다.

그리고 다행스럽게도 추감혁도 살아있었다.

다만 어떤 큰일을 겪었는지, 반쯤 넋이 나간 얼굴이었다.

곤륜파의 산호도 마찬가지였다.

조금 다친 듯하지만, 신체는 멀쩡했다. 그런데 표정이 달라졌다.

평소에는 여유롭고 웃는 얼굴인데, 지금은 눈가가 붉고 침울해 있었다.

철경은 그들을 알아봤지만, 그들은 철경의 모습을 보지 못했다.

그저 앞사람이 밟은 길만 따라갈 뿐이다.

그렇게 백여 명이 넘는 사람들이 철경을 쫓아서 빠져나왔다.

"허억. 헉. 살았다."

"믿을 수가 없군. 이렇게 빠져나오다니."

"살아계셨군요."

그들은 지옥 같은 절진에서 벗어난 것이 너무 기뻤다.

하지만 마냥 기뻐할 수는 없었다.

우르르르.

쿠웅. 쿵.

땅이 흔들거렸다.

안개가 흩어졌다가 새로 생겨나고, 모양이 변하기도 했다. 한마디로 정상이 아니었다.

분명 허한상 때문일 것이다.

철경은 나선형 계단을 통해 아래로 내려갔다.

그를 쫓아 진서와 당삼재, 제갈민이 따랐고, 매군을 필두로 무영문의 무사들이 쫓아갔다.

그러자 자연스레 다른 사람들도 따라왔다.

철경이 입을 열었다.

옆에 있는 매군을 향해서였다.

“그동안 무슨 일이 있었는지, 설명하시오. 간략하게. 하지만 중요한 내용은 빠뜨리지 말고.”

“아, 알겠습니다.”

매군은 정신을 차리고 입을 열었다. 동굴에 들어왔을 때부터, 순서대로 상황을 설명했다.

“알다시피, 우리는 지진이 일어난 직후에 들어왔습니다. 몇 가지 난관이 있었지만, 어렵진 않게 일차 조사단과 조우했죠. 그런데 그 후에 문제가 발생했습니다.”

먼저 사흑파와 마찰이 있었다.

그들은 가장 먼저 무덤 속으로 들어갔고, 십 일 이상의 격차가 있었다.

하지만 밑으로 내려갈수록 함정은 지독했고, 문을 여는 기관들도 난해했다.

그렇게 시간을 허비하다가 뒤따라오던 무리와 부딪친 것이다.

문제는, 뒤의 무리 대부분이 구대문파와 오대세가를 포함한 정파 세력이었다.

정파와 사파는 태생적으로 사이가 좋지 않다. 절대 양립할 수 없는 관계였고, 극한의 상황까지 몰리자 적대감이 터져 버렸다.

누가 먼저랄 것도 없이, 두 세력이 싸운 것이다.

"휴우. 지금 생각하면 참으로 부끄러운 일입니다."

"허한상은?"

"그때까지는 허한상이 있는지도 몰랐습니다. 내가 알기론 구대문파 세력에 속해 있었고, 조용히 몸을 숨기고 있었던 걸로 짐작될 뿐."

매군은 침을 한 번 삼키며 다시 설명했다.

"한창 정파와 사파 싸움 중에 사흑파가 지하 육 층으로 내려가는 문을 열었습니다. 사흑파가 먼저 들어갔고, 치사하게 문을 닫았죠. 그 와중에 뭘 잘못 건드렸는지, 일 층부터 오 층까지의 모든 문이 닫혀 버린 겁니다."

이제 위층으로 올라갈 수 없었다.

어쩔 수 없이 무조건 아래로 내려가야 했고, 어렵게 육 층 문을 열었다.

육 층은 일종의 미로였다.

가로세로 일 장 높이의 네모난 통로가 조각처럼 나누어져 있고, 일정 시간이 지나면 계속 움직였다.

통로가 막히다가, 열리기도 하고, 엉뚱한 곳으로 연결되기도 했다.

자연스레 일행이 나뉘어졌다.

“누군가는 벽을 부수며 지나가려 했는데 벽을 부수자마자 끔찍한 독액이 쏟아졌었죠.”

그렇게 많은 사람들이 흩어졌다.

“그나마 우리 쪽은 괜찮은 편이었습니다. 당문과 제갈세가 분들의 도움으로 별 피해 없이 지하 칠 층까지 내려올 수 있었죠.”

바로 위쪽에 안개로 가득한 절진이 칠 층이었다.

처음에는 제갈세가에서 절진을 해체하기 위해 노력했었다. 하지만 결론부터 말하면 실패했다.

오히려 절진이 활발해지면서, 사람들이 더욱 섞여버렸다. 그 와중에 허한상을 만난 것이다.

매군은 한숨을 쉬며 중얼거렸다.

“휴우. 무슨 일인지 있었는지 몰라도, 허한상은 흥분 상태였소. 만나자마자 도를 휘둘렀고…… 대부분 죽었지.”

“허한상에 대해서는 나도 말할 것이 있소.”

그때 한 사람이 끼어들었다.

곤륜파의 산진 장로였다. 그는 화를 내면서 소리쳤다.

“참으로 어이없는 일이었소. 내가 이래서 낭인 같은 근본 없는 무리와는 상종하지 않는데.”

“구대문파에 숨어 있던 게 맞았나 보군요.”

“휴우. 부끄럽지만, 그렇소. 우리 곤륜파의 제자 중에 청해의 추신검문 자제가 있었는데, 어쩌다 보니 같이 움직이게 되었소. 그리고 그 추신검문 중에 낭인이 섞여 있었죠."

"그럼 토파산에 오기 전부터 같이 있었던 겁니까?"

"아니요. 그 낭인들이 토파산에 도착한 후에 인원을 두 명 늘렸는데, 그중 한 명이 허한상이었던 겁니다."

그는 말을 하다 말고 화가 났던지, 뒤로 돌아보면서 소리쳤다.

"도진은 어디 있느냐? 또 추신검문의 문주는 어디 있소? 살아 있으면 이리 나와서 해명을 해보시오."

그때 곤륜파의 산공 장로가 다가와서 속삭였다.

"사형. 도진은 허한상에게 제일 먼저 죽었습니다. 추감혁 문주도 그걸 직접 목격했고, 그래서 지금 제정신이 아니외다."

"으음."

"사실 며칠 전에 첫째 아들이 죽었잖소. 이번에 둘째 아들까지 죽었으니, 후사가 완전히 끊어진 셈이오."

"끄응. 그래도 허한성을 데려왔으면 책임을 져야 할 것 아닌가?"

하지만 추감혁은 끝내 나타나지 않았다. 뒤쪽에서 멍하니 따라올 뿐이다.

"제가 대신 말씀드리겠습니다."

곤륜신협 산호였다.

"사실은, 도훈 사제는 뭔가 눈치채고 있었습니다. 허한상을 만날 때부터 수상함을 느꼈고, 눈여겨보고 있었습니다."

"도훈 녀석이?"

견문이 넓은 도훈은 허한상의 정체를 어느 정도 눈치챘었다.

그래서 증거를 잡으려다 허한상에게 빨리 살해된 것이다. 산호는 눈시울을 붉히며 말했다.

"저에게 조심하라고 경고까지 했었는데, 제가 허한상을 막지 못했습니다. 제 책임이 큽니다."

"휴우. 그런 일이 있었으면 진작 우리에게도 알리고, 대책을 세웠어야지."

"죄송합니다. 정말 죄송합니다."

사실은 그럴 여유가 없었다.

도훈이 경고를 하자마자, 허한상이 발작해서 다 죽여 버렸으니까.

그리고 산호가 쫓아갔을 때는 이미 수십을 죽이고 달아난 후였다.

하지만 산호는 도훈의 죽임이 너무 안타까웠고, 변명할 생각도 하지 않았다.

대신 자신이 아는 정보를 주었다.

"추신검문은 혈노비라는 낭인대를 고용했고, 대주가 허조연이란 자였습니다. 그는 허한상의 친동생으로 지금 같이 움직이고 있을 겁니다."

"으음. 그럼 허조연이 허한상을 부른 거였군."

"그럴 거라 짐작됩니다. 그리고 허한상은 지하 육 층에서 본색을 드러냈습니다."

그때 제갈민이 끼어들어서 물었다.

"그런데 왜 하필 육 층이죠? 사실 더 밑으로 내려가서 정체를 밝혀도 되잖아요."

"허한상은 출발할 때부터 행실은 좋지 않았다. 혼자 일을 하지 않았고, 걸어 다니면서도 술을 마셨지. 결국 도진이 한마디 했는데, 허한성이 웃으면서 베어버렸다."

그것이 시발점이었다.

듣고 있던 당삼재가 조용히 중얼거렸다.

"어찌 보면 잘된 일일 수도 있어. 나중에 뒤통수 맞는 것보단 낫잖아."

그때 뒤쪽에서 달리던 사람들 중에 누군가 소리쳤다.

"잠시만 실례하겠소. 아까부터 허한상, 허한상 하던데, 청살귀존 허한상을 말하는 거요?"

백여 명이 따라오는데, 아직 허한상의 존재를 모르는 이들도 많았다.

그들은 그저 지긋지긋한 안개를 벗어나기 위해 따라왔을 뿐이다.

매군이 철경의 눈치를 보다가, 물었다.

"저들도 알아야 하지 않겠습니까? 도망치는 것도 중요하지만, 다 같이 모아놓고, 현재 상황을 알려줘야 합니다. 그리고 앞으로의 계획을 세워야죠."

"……."

하지만 철경은 대꾸하지 않았다.

그에게도 생각이 있었고, 빨리 내려가야 계획대로 진행할 수 있었다.

철경을 아는 사람들은 그러려니 하면서 따랐다. 하지만 그를 모르는 사람들이 더 많았다.

특히 제갈세가와 백리세가, 당문, 청성파, 곤륜파 등의 대문파 사람들은 심기가 불편했다.

참다못한 당문의 장로, 당한이 소리쳤다.

"젊은 친구가 버릇이 없군. 그쪽이 뭔가 도움을 준 것 같은데, 그렇다고 무림의 대선배들 앞에서 그렇게 행동하면 안 되지."

나름대로 좋게 얘기하려 했었다.

하지만 역시 철경은 대답하지 않고, 당한은 크게 화를 냈다.

"당문은 당장 걸음을 멈춘다. 더 이상 저 건방진 놈을 따라갈 필요 없다."

그때였다.

앞에서 달리던 당삼재가 소리쳤다.

"당한. 이 멍청한 놈아!"

"에에? 형, 형님? 왜 여기 계신 겁니까?"

당한은 놀란 눈으로 당삼재를 바라봤다. 사람이 많은 탓에 그동안 당삼재를 보지 못한 것이다.

"시끄럽고, 입 다물고 조용히 따라와. 저 덩치 큰 놈이 무식해 보여도, 믿을 만하니까."

"하, 하지만 형님, 저놈은 버릇이 없……."

"시끄러워. 아까 백무 속에서 우릴 구해준 놈도 저놈이고, 허한상에게서 구해준 놈도 저놈이다. 내가 책임질 테니까 입 닥치고 따라와. 새끼야!!"

본래 당문을 이끄는 사람은 부가주였다. 하지만 그는 내려오는 중에 죽었다.

그래서 현재는 당한이 이끌고 있었다.

하지만 나이로 보나, 연배로 보나 당삼재가 훨씬 윗줄이다. 게다가 당삼재가 까다롭긴 해도, 헛소리를 하는 사람은 아니었다.

당한은 잠시 투덜거렸지만, 결국 자신의 말을 철회했다.

그렇게 당문은 입 다물고, 얌전히 따라왔다.

To be continued